KB236982

미로 迷路 찾기

4막 10장

미로迷路 찾기
4막 10장　　한상렬 열세 번째 수필집

초판인쇄 | 2005년 9월 5일
초판발행 | 2005년 9월 10일

지 은 이 | 한 상 렬
펴 낸 이 | 서 정 환
펴 낸 곳 | 수필과비평사

출판등록 | 1984년 8월 17일 제28호
주　　소 | 110-340 서울시 종로구 익선동 30-6
　　　　　운현신화타워 빌딩 2층 208호
전자우편 | shina@shin-a.co.kr
전　　화 | (02) 3675-5633, (063)275-4000
팩　　스 | (063) 274-3131

값 10,000원

ISBN 89-5925-070-8 03810

• 저자와 협의하여 인지는 생략합니다.
• 잘못된 책은 바꿔 드립니다.

미로迷路 찾기 4막 10장

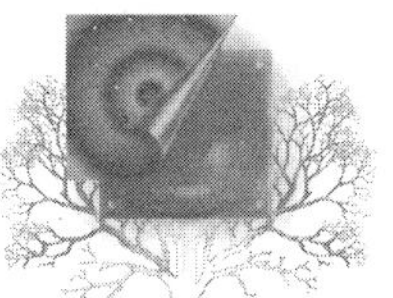

한상렬 열세 번째 수필집

신아출판사

미로迷路를 찾아 떠나는 여행

　세계는 지금 대전환의 한가운데에 있는 듯하다. 과거의 것은 죽어가는데 새로운 것은 아직 나타나지 않는 시대 인식이 전환기의 불투명성을 관류하고, 다양한 지적담론들이 경이로운 사상의 풍경을 이루고 있다. 과연 무엇이 변화했고 변화하고 있는가? 이런 변화는 사실인가, 아니면 과장인가. 그것이 사실이라면 그 변화의 방향은 어디인가? 바야흐로 우리는 이제 앨빈 토플러가 말한 바 있는 '제3의 물결' 속에 진입해 있다.

　새로운 물결의 전면에는 단연 과학기술의 혁신이 자리 잡고 있다. 그리고 이 혁신은 생산 방식뿐만 아니라, 우리의 가치관과 생활양식의 급격한 변화를 수반한다. 산업사회의 대량생산 체제 아래에서는 효율성이 최고의 가치였다. 이에 따라 분업화와 대량화, 극대화, 집권화가 일상의 영역에까지 침투하기 시작하였다. 그러나 지금 목격되는 '제3의 물결'은 탈대량화를 기치로 생산과 소비의 경계 수멸, 분산과 다양화, 분권화 등을 낳고 있다. 이런 변화들은 무엇보다도 그 동안 우리를 지배해 왔던 산업사회 전체를 뒤흔들고 있으며, 미래에 대한 불안과 충격을 가져다주고 있다. 과연 우리는 어디로 가고 있는가? 아무리 둘러보아도 미로찾기다. 아니 숨은 그림찾기이다.

16세기 이전 사람들은 지구가 우주의 중심이라고 생각해 왔다. 그러나 코페르니쿠스는 이에 반기를 들었다. 우주의 중심에 태양을 놓고 지구를 그 자리에서 몰아냈다. 혁명이었다. '코페르니쿠스의 혁명'이었다. 혁명은 비단 과학적 사실의 규명에 그치지 않고, 기존의 가치관을 파괴하고, 새롭게 세계를 건설하는 일대 전환을 가져왔다. 기존의 잣대를 들이대어 볼 때, 이단으로 여겨지는 새로운 사고는 밝히지 못했던 진실을 밝힘과 동시에 시대의 전환을 보이는 것이었다. 코페르니쿠스 체계의 매력은 그 수학적 우아함뿐만 아니라, 전통적인 이론과의 결별에서 찾을 수 있었다. 때로는 세상의 비난이나 의혹을 받기도 했지만, 변화의 물결은 언제나 또 다른 세계로 인류를 안내해 왔다.

이제 대전환의 시대에 살고 있는 우리가 가져야 할 지혜는 자명하다. 외부적으로 주어지는 변화에 주체적으로 대응하기 위해서는 우리 스스로가 또 다른 변화를 만들어내는 것이 그것이다. 변화는 외부로부터 수동적으로 받아들여야 하는 현상이 아니라 능동적으로 만들어가야 하는, 다시 말해 존재를 위한 당위가 되고 있다. 정보화의 도도한 흐름 속에서 변해야 산다는 사실은 비단 현실의 영역뿐만 아니라, 이제 문학의 영역에서도 새로운 화두가 되고 있다.

이 수필집에서는 종래의 수필집이 갖고 있는 형태에 변화를 시도하고자 하였다. 이름 하여 '미로 찾기' 다. 전 4막 10장. 총 40편의 작품을 제1막 '미로 찾기, 제2막 '퓨전 시대의 개막, 제3막 '키치를 넘어 낯선 세계' 로, 제4막 '자화상 그리기' 로 나누어, 숨은 그림을 찾아보고자 하는 필자의 의도를 실험적으로 전개하여 보고자 했다. 새로운 유형의 다양한 수필 쓰기의 동시다발적 접근을 통한 변화를 총체적으로 조망해 보기 위한 작업이었다. 변화는 그 자체가 상호 침투적이고 복합적이므로, 이에 대한 실험은 물론 전통적 수필 쓰기라는 한계를 최대한 벗어나지 않는 범위에서 시도하고자 하였다.

따라서 이 수필집에 발표된 수필들은 일종의 퍼즐 조각으로 보아 '미로 찾기'라는 불투명한 현대사회를 헤엄치는 한 인간으로서의 갈등과 고뇌 그리고 체험을 담아 보고자 하였다. 이런 문제의식이 어느 정도 충족되었는지는 미지수로 남아 독자 제현의 질정을 바랄 뿐이다. 때에 따라서 독자들은 숨은 그림을 찾듯 숨어 있는 키워드를 찾게 될지도 모른다. 숨은 그림을 발견하는 것은 부분을 꼼꼼히 살피면서 전체를 아우르는 미로 찾기를 통해 이루어질 것으로 믿는다.

이제 이순 나이에 들어, 그 동안 모든 것을 비우고 덜어내면서 오직 수필문학을 사랑했던 정성의 일단을 여기에 내놓고자 한다. 책이 나오기까지 도움 주신 문단의 여러 분들에게 고마운 인사를 대신하고자 한다.

2005년 팔월

수봉서재에서 눈재 한상렬 적음

목차

당신은 보통 사람이 아닙니다

　당신은 보통 사람이 아닙니다. 아무리 부정해도 분명 당신은 보통 사람이 아닙니다. 그렇지 않고서야 당신의 방 창문의 불빛이 여태껏 켜져 있을 리 없습니다. 남들은 편한 이부자리에서 하루의 피곤을 풀고 있을 이 시각. 당신은 눈을 뜨고 시계 소리를 지키고 있습니다. 남들이 그 소리를 듣고 있지 않을 때라도 슬쩍 한두어 개 속이지 않고, 정말 시계는 제 시간의 수만큼 종을 치는지, 당신은 지금 그것을 헤고 있으니까요.

　어디선가 물 흐르는 소리가 들립니다. 모든 게 빙결해 가는 때에 어쩌면 시냇물 소리인 것 같기도 하고, 아니면 그것은 마지막 삶을 울고 있는 풀벌레의 소리인지도 모릅니다. 그러나 그것도 아니겠지요. 누군가 수도꼭지를 덜 잠가 놓았는지도 모릅니다. 그도 아니면, 보일러의 물이 돌아 흐르는 소리인지도 모르지요. 밤은 이렇게 길건만, 눈을 뜬 채 부스럭거리는 저 가냘픈 소리들은 과연 누구를 위한 소리일까요. 환청인가요? 한 해가 가는 소리늘이, 못다 한 언어들과 머무르고 싶었던 당신과 나.

　그렇습니다. 글을 쓰는 사람들은 가끔 그런 소리들을 듣습니다. 그때 우리는 귀를 모으고 그 소리들을 구별해 봅니다. 모두 잠들어 있는 깊은 밤. 영혼의 눈을 뜨고 듣는 소리의 향연. 무서리에 잔디도 얼어 죽는 초겨울. 뜨락엔 다만 소리뿐인데 살아 있는 것처럼 꿈틀거리며 흘러가는 소리의 향연을 듣습니다. 내 창작의 공간에서.

당신은 진정 보통 사람이 아닙니다. 그렇지 않고서야 이른 아침 그 수도꼭지를 제일 먼저 틀어놓을 리가 없습니다. 밤새 가슴안에 고인 울음소리를 최초의 햇살과 함께 터뜨리는 작은 새여. 그리고 밤새 참고 있던 그 정결한 빛깔을 가장 이른 아침 바람 속에 흩어놓는 작은 꽃이여. 그래 나는 그 잠겨 있는 수도꼭지를 일일이 열고 다닙니다. 내 창작의 공간은 바로 여기에 있습니다.

그러니 당신은 보통 사람이 아닙니다.

외로움이란 때 없이 찾아오는 두통과도 같습니다. 간단없이 방문해 오는 아픔이 온몸을 짓누릅니다. 달리기 끝에 갑자기 찾아오는 허전함 같은 것이지요. 골인 지점을 앞두고 무작정 내달리던 선수에게는 그저 그 마지막 지점 외에는 아무런 가치도 있을 리 없습니다. 그래 달리는 일 하나에 온통 생애 모두를 건 듯 여유가 없습니다.

수필문학에 심취하여 삶 모두를 걸고 50여 권의 책을 상재하였지만, 아직도 제 제물은 부끄럽기만 한 몇 다발의 언어입니다. 그나마 새벽 샘에서 길어 온 찬물 같은 정화된 생명수도 아닌 그저 가난한 언어일 뿐입니다. 있다면 피의 밭에서 거둔 운율의 나락밖에는 아무것도 없습니다. 그러니 언제나 부끄럽긴 매한가지죠.

부끄러움을 감추기 위해 이곳저곳을 서성입니다. 앉은자리 아무 곳에서나 언어들을 줍습니다. 그러니 제게 마땅한 창작의 공간이 있을 리 만무합니다. 이층의 서재나 서가에 내가 머무는 시간은 아주 짧습니다. 모니터 앞에 앉으면 그게 내 창작의 공간이고, 침실 귀퉁이 앉은뱅이책상 앞에 앉으면 그곳이 창작의 공간입니다.

우리 집의 택호(宅號)는 '수필집'입니다. 집을 찾는 이들은 "이 동네에 수필집이 어딘가요?"라면 만사형통입니다. 그러니 어찌 당신이 보통사람입니까?

사람들은 예로부터 물 속에서 시간을 보았습니다. 흘러가는 강물 속에서 밤과 낮이 바뀌고 봄과 여름 그리고 가을과 겨울이 차례로 오고갑니다. 그렇기에 시간은 만인에게 있는 것이지만, 그것들은 그저 지나갈 뿐입니다. 아침에 우는 새소리나 저녁 황혼 무렵 노을처럼 그렇게 사라져 갑니다.

시간 속에서 우리는 언어를 봅니다. 어떤 언어도 시간 저편에 존재할 수는 없습니다. 아무도 그 물을 소유할 수는 없습니다. 둑을 쌓고 웅덩이를 만들어도 물은 흘러가 버립니다.

생각해 보십시오. 숲과 골짜기의 물이 따로 없으며 들판과 강하(江河)의 물이 따로 없습니다. 단지 그것은 한 순간의 물에 지나지 않습니다. 물처럼, 시간처럼, 언어처럼 한 해가 그렇게 끝없이 증발해버리고 순환하고 문법의 한 시제 속에 동사변화를 일으키듯 바뀝니다. 내 언어의 공간은 바로 여기에 있습니다. 그러니 보통사람이길 바라선 아니 되겠지요.

당신은 보통 사람이 아닙니다. 아니 보통사람이길 포기한 지 오래입니다.

미로迷路 찾기

우리에게 있어 지금 분명한 것은 그 역사가 '미로(Labyrinths)' 찾기인가 싶다.
선택의 가능성이 고갈되어 버린 상태. 이를 존바스(John Barth)는 '고갈의
문학'이라고 말했던가. 여기서 '고갈'은 외형적, 도덕적 또는 지적 퇴폐처럼
어떤 것이 피곤해진 상태만을 표현하는 것이 아니다. 형식의 완전소모,
어떤 가능성의 고갈을 말한다. 그렇다고 위기의식만 키울 일은 아닐 것이다.
위기는 곧 새로운 출발의 신호탄일 수 있어서다. 바스의 소생의 문학이 그러하다

깨어 있기

캄캄한 밤 폭포는 야광을 반사하며 오색찬란한 무지개로 포물선을 그으며 뛰어내리듯 쏟아진다. 어림잡아 일 킬로미터나 되는 폭과 일백 미터도 넘음직한 물기둥이 장관을 이룬다.

마릴린 몬로가 출연했던 명화 속의 한 쟝면이 아니다. 버팔로 비행장에서 버스로 갈아타고 국경을 넘어 캐나다로 들어가 초겨울 한밤중에 나이아가라 폭포를 본다.

도대체 저 많은 물들이 어디서 와서 어디로 가는 것일까? 자연의 신비에 압도된다. 물은 떨어진다기보다 차라리 지축을 흔드는 진동이다. 호텔로 돌아왔으나, 물소리가 방안까지 쫓아온 것만 같은 환청에 그만 눈을 감는다. 그런데 그 거대하고 웅장한 거폭(巨瀑) 저쪽으로 꼬맹이가 달음질하다 뛰어내리는 듯한 우리네 폭포가 걸려 있다.

아침부터 잠이 쏟아진다. 지난 밤 일찌거니 잠자리에 들었지만 아침에 일어나서도 온몸이 나른하고 어질어질하다. 만상들이 밤사이

꿈속에서 깨어나듯 잠에서 깨어나야 한다. 그리하여 사물들의 미세한 움직임에까지 시선을 정박하고 그 내밀한 소리에 귀 기울여야 한다. 그러기 위해선 깨어 있어야 한다.

넓은 술 장식이 달린 검은 속옷 차림에 검은 스타킹만 신은 벌거벗은 여자가 온전히 차려진 식탁 위에 벌렁 뒤로 누워 있다. 자신이 식사 메뉴인 듯 그녀는 고풍스런 도자기, 매끈한 크리스털 포도주 잔, 삼페인 잔, 촛대 등에 둘러싸여 있다. 몸 밑으로는 호랑이 가죽의 적갈색 줄무늬 식탁보가 펼쳐져 있다. 잔 모양의 불꽃처럼 접혀 적포도주 잔 속에 세워진 종이 냅킨에도 같은 무늬가 보인다. 식기 사이에 던져진 것처럼 누워 있는 여자. 그녀는 식탁의 질서에 대립하면서도 식탁의 일부 같아 보인다. 무엇보다도 그녀의 어깨 옆과 머리 위쪽에 놓인 여러 갈래로 뻗어나간 촛대 두 개가 그녀가 누운 식탁을 희생 제물처럼 보이게 한다. 아직 손님의 그림자는 보이지 않는다. 만찬의 제의(祭儀)와도 같은 배치에 그만 압도된다.

나는 그곳에 초대된 손님일까? 그녀는 고개를 옆으로 살짝 돌리고 있다. 쭉 뻗은 한쪽 다리는 바닥에 닿고, 다른 하나는 무릎을 굽혀 음란한 자세로 몸 쪽으로 끌어당기고 있다. 그녀의 몸은 검은 속옷과 대조적으로 매끈하다. 상아 같은 하얀 빛깔이다. 아, 그것은 마네킹의 인공 재료로 된 여자의 나신이다. 한스 벨머의 〈인형〉을 본다. 깨어 있기는 이제 수필의 탄생을 예고한다.

미셸 푸코(Michel Foucault)는 성적 계몽주의, 특히 정신분석이란 앎을 향한 의지의 현대적인 표현 양식을 보았다. 괴테의 뒷날 고백은 자신의 모든 작품을 "거대한 고백의 조각"들이라고 했다. 《젊은 베르테르의 슬픔》은 이미 설득력을 얻게 한다. 괴테가 만난 여인 사를로테 폰 슈타인. 그에게 바친 시 〈어째서 너는 우리에게 깊은 눈길을 주었는가〉에서는 "너는 지나가 버린 시절의 내 누이나 내 아내"라고 하였다. 그리하여 그가 절실하게 필요로 하는 모든 것을 그에게 줄 수 있었다.

> 너는 뜨거운 피에 진정제를 떨어뜨려 주었고, / 사납게 방황하는 길을 올바르게 만들었네. / 천사 같은 너의 품안에서 / 깨어진 가슴이 휴식을 얻었네.

그것은 환상이며 파괴적이다. 드러난 젊은 날의 꿈과의 결별 같은 울림이다. 그래 깨어 있기는 진행형이다.

하늘 위에 살고 있는 이들이 있다. 구름을 벗삼아 27층에 살고 있는 사람들. 그들은 도대체 지상 몇 미터 높이에서 살고 있는가? 까마득한 그 높이에 현기증이 인다. 2미터 높이의 천장을 하늘삼아 살다 실족하여 아킬레스건을 다친 지도 거지반 20년. 그리곤 공원 자락으로 이사하여 남들이 말하는 우람한 저택에 입성하였다. 그런데 이즈막 그 집이 현대인의 입맛에 맞지 않는다고 한다. 아파트의 산뜻한 실내 디자인에 익숙한 사람들의 말이겠다. 그 말도 맞다. 어쩌다 아파트에 가보면 그 편리한 생활에 나도 젖고 싶다. 그러나 쉽사리 마음을 바꾸지 못한다. 한 뼘의 내 공간이 나를 즐겁게 한다. 일 없이 손에 흙을 묻히는 일은 즐거운 일이다. 몇 그루 안 되지만 그 나무들과 주고받는 대화나 풀과의 속삭임이 나를 편안하게 한다. 또 주인을 반기는 흰둥이가 때론 위안이 된다. 이것이 오로지 변화를 두려워하는 내 심성의 탓만일까?

세상엔 입이 떡 벌어지는 일들도 많다. 평당 5천만 원을 웃돈다는 아파트 가격이 한동안 입에 오르내리고, 요소마다 집을 헐어 공원자락은 이제 바야흐로 빌라촌이 되어갔다. 요즘 강남의 아파트는 한달에 일억원을 뛰었다나. 바야흐로 미친 세상이다. 은행 빚을 지고 남의 집에 살더라도 번쩍거리는 외제차나 고급승용차를 몰아야 하는 시대 추세를 따라야 하는지 골목길은 화려한 주차장이 되어버린 지 오래다. 그런데 나는 터벅거리며 만원버스를 타고 출근을 한다. 참으로 나는 별종이지 싶다. 하긴 남들 다 갖고 있는 운전면허증도 없으니 이 어찌 불쌍치 않으랴. 그렇기에 깨어 있기는 지금도 진행 중이다.

환호의 도가니다. 폭발 직전의 용암이 분출하듯 일시에 쏟아져 내리는 마그마. 육천 관객이 기립박수를 보낸다. 금세기 최고의 테너가수에게 보내는 존경과 흠모의 갈채. 박수를 기다렸다는 듯 만면에 미소를 띤 파바로티는 천천히 명지휘자 쥬빈 메타의 손을 잡고 눈인사를 나눈다. 옆에 서 있는 호세 카레라스와 플라시도 도밍고의 어깨를 잡고 만족한 듯 미소를 지어 환호하는 객석을 향해 답례한다. 다시 이어지는 박수갈채. 음악가와 관객이 하나다.

천부의 재능을 지닌 탁월한 예술인에게 보내는 경의와 찬탄은 가슴 벅차게 아름답다. 예술적 감수성이 없어도 좋다. 그 분위기에 젖기만 해도 좋다. 선율의 밤은 아리아와 칸초네로 이어진다.

나는 순간 연전 63빌딩 아이맥스 영화관에서 보았던 〈화산은 살아있다〉를 떠올렸다. 각혈하듯 붉은 마그마를 흘러내리게 하는 용암의 분출. 안으로 안으로만 응축하던 열정이 어느 날 더 이상 버티지 못하고 폭발하여 쏟아지던 날. 그것은 살아 움직이는 생명체였다. 그렇다. 불새, 불새였다.

파바로티의 목소리는 마그마를 부르는 생명의 울림에 흡사했다. 누리 만년을 안으로 삭이며 꿈틀거리던 산의 울림이 화산이라면, 차라리 그의 목소리는 수억 년을 다듬은 다음 분출해 내는 살아 있는 화산이었다. 그의 목소리는 인간이 창조해 낼 수 있는 최고의 경지였다. 깨어 있기는 아직도 진행 중이다.

수필은 나의 고백이요, 참회록이다. 원고지 15매. 내 인생의 축도다. 그러므로 내게 소망이 있다면 잘 빚어낸 토기와 같은 수필 한 편 쓰는 일이다. 백자처럼 우아하여 보면 볼수록 깊은 맛이 우러나는, 기교 없이 그냥 손으로 막 빚어 만든 문명의 얼굴을 쓰지 않은 토기면 좋겠다. 달빛을 보듯 부드럽고 고요한 빛깔. 청자나 백자면 더욱 좋으리라. 그러나 나는 나의 수필이 그저 덤덤하고 수수한 토기였으면 한다. 이런 항아리에는 수천 년 전의 물맛과 우리들 소박한 마음이 담겨 있어 좋다. 빗살무늬 하나에 나뭇잎을 흔들며 지나는 바람, 짐승들의 뒤를 쫓던 숨소리, 들판에서 듣던 풀벌레 소리가 그 속에 담겨 있어 더욱 좋다. 그렇기에 나는 그냥 소박하게 주물러 빚은 토기 같은 한 편의 수필을 쓰고 싶다. 그러나 그게 어디 쉬운 일인가.

나의 수필, 나의 삶이여. 그것은 무명의 한 작은 별이며, 풀숲에 피어 아무의 눈길도 주지 않고 이름 한 번 불러주지 않는 풀꽃이다. 그 풀꽃은 다름 아닌 나의 삶이다. 이쯤에서, 나의 깨어 있기는 한 편의 수필이 된다. 그렇다. 깨어 있기의 완료형이다.

1막 2장

노란색 바라보기

벽면에 걸려 있는 그림을 본다. 이따금씩 액자가 비스듬히 걸린 듯하여 바로잡아주곤 하던 그림이 오늘따라 나의 시선을 끄는 건 노란색이 주는 특별한 이미지 때문이다. 밋밋한 산줄기가 이어지고 그 산허리에 푸른 솔밭이 보인다. 그러나 그건 그림의 배경일 뿐, 포커스는 전면에 대부분을 차지하고 있는 노란 유채꽃에 맞춰져 있다. 녹색과 대비된 듯하지만 노란색은 사이사이 녹색을 품에 안고 있다. 그 색감이 어둠 속에 빛나는 램프처럼 은은하다.

색은 마음의 언어라고 했던가. 인류학자 바린에 의하면 인류가 최초로 의식한 색은 빨강이었다고 한다. 그래선가. 뭉크(Edvard Munch)의 〈절규〉라는 그림은 붉은 색으로 마구 칠해져 있다.

하늘이 온통 빨갛고 양손으로 얼굴을 감싸고 다리 위에서 부르짖고 있는 인물은 한 번 보면 잊혀지지 않는다. 게다가 그 흐느적거리는 자세는 마치 무엇인가를 부르짖는 사람의 혼처럼 보인다. "나는 두 명의 친구와 길을 걷고 있었다… 일몰을 보고 있었다… 하늘이 갑자기 피처럼 빨갛게 바뀌었다… 나는 그 자리에 발걸음을 멈춘 채 다리 난간에 가까이 갔다. 굉장히 피곤한 상태였다… 검푸른 피

오르도 협만과 도시 위에는 피와 혀 같은 노을이 물들어 있었다.”
이는 뭉크의 절규다.

유년 시절 죽음의 이미지에 싸여 있었던 기억은 파멸의 색으로 붉은 색을 선택하였으리라. 붉은 색은 원초적 외침을 보여준다. 하지만 노란색은 감추어진 혼에 빛을 비춘다.

유채꽃을 한동안 들여다보노라면, 인생의 마지막을 암시하듯 노란색을 주로 사용했던 화가 반 고흐(Vincent Van Gogh)의 그림이 떠오른다. 그의 걸작 〈까마귀가 나는 보리밭〉이며 〈침실〉은 온통 노란색으로 칠해져 있다. 짙고 푸른색의 하늘과 물결치는 듯한 노란색 보리밭이 그려진 그림이나 노란색이 가득 넘치는 침실이다. 벽면에 걸린 액자와 의자며 침대, 베갯잇과 시트까지 같은 색이다. 게다가 창가에 걸린 햇살마저도 노랗게 칠해져 있다. 그야말로 ‘노란 방’이다. 어찌하여 그는 그토록 노란색에 심취했을까?

그런데 고흐의 〈침실〉을 자세히 뜯어보면 재미있는 사실이 발견된다. 이 그림 속에는 특이하게도 두 개의 초상화와 두 개의 노란색 액자와, 두 개의 의자, 두 개의 베개 등 방안에 있는 물건들이 서로 대칭을 이루고 있다. 작가의 심리적 반영인가.

고흐에게 있어 아마도 대칭은 운명이었던가 싶다. 그에겐 빈센트라는 같은 이름의 형이 있었지만 생후 얼마 안 되어 죽자, 형과 같은 이름이 붙여졌다. 고흐의 탄생이 양친에게는 죽은 아기의 환생과도 같은 의미였던 것이다. 더욱이 유일한 동생 테오가 훗날 자신의 아들이 태어났을 때 빈센트라는 이름을 붙여주기도 했다. 고흐의 운명적 계시였던가.

훗날 그가 존경하던 화가 고갱과의 만남과 이별이 또한 그러했다. 고갱과의 공동생활은 성격의 충돌을 일으켜 급기야 고흐로 하여금 정신 발작에 이르게 한다. 면도칼을 휘두르며 고갱을 죽이려다 자신의 귀를 잘라버리는 사건은 끝내 그로 하여금 끝없이 펼쳐진 보리밭을 보며 자신의 가슴에 권총을 겨누게 한다. 이런 고흐의 비극적 운명이 아마도 색채와 무관하지 않았으리라. 그렇기에 노란색의 밝은 이미지는 그 안에 끝없는 어둠을 보여준다. 그렇다. 빛이 밝음은 그만큼 어둠도 깊은 것이다. 하여 고흐에게 있어 노란색의 침실은 얻을 수 없는 사람과의 행복을 이미지 속에서 정지된 화상으로 영원히 새기려 한 것은 아니었을까.

감정의 움직임에 따라 마음에 끌리는 색채도 변해 간다. 색채학자들은 노란색을 추구할 때 '기쁨에 가득 찬 감정' 이나 '만족되리라는 기대감' 이라고 말한다. 로버트 제임스의 소설 《메디슨 카운티의 다리》의 색채가 그렇다.

클린트 이스트우스가 감독과 주연을 맡고 메릴 스트립과 함께 출연했던 영화. 어른들의 러브 스토리로 화제가 되었던 영화다. 시골길의 가설 지붕이 붙은 다리를 상징의 만남으로 그리고 있다. 또 하나 상징적인 것은 노란색이다. 주인공 두 사람의 운명을 암시하듯 '노란색' 의 방이다.

아이오와 주 한 시골 농장의 주부 프란체스카는 길을 헤매다 물어온 로버트 킨케이드라는 사진작가와 만난다. 세계를 누비며 기록사진을 찍는 야생동물과도 같은 남자다. 그의 전신에서 물씬 풍겨오는 야성의 바람을 느끼는 순간 프란체스카는 무미건조한 생활에 빛을 느끼게 된다. 두 사람 사이에는 어느덧 강렬한 정신적 교감이 오가고 일생일대의 사랑에 함몰해 버린다. 남편과 아들이 집을 비운 나흘 간. 사십대의 주부와 오십대의 남자는 남몰래 사랑에 빠진다. 여인에게는 일상에서의 일탈이자 영혼으로의 여행이었다. 녹슬기 시작한 삶이 어느 날 돌연 남자로 인해 흔들리게 된다.

그러나 그녀는 더 이상의 욕망을 제어한다. 남편과 아이들에 대한 책임 때문이다. 가족이 돌아오는 날 그녀는 이별을 결심한다. "나에게 책임을 저버리도록 하지 마세요." 남자도 그런 그녀의 길을 받아들이고 아이오아를 떠난다. 그 후 죽는 날까지 그녀의 비밀스런 기억을 지켜준 것은 노란색 테이블이었다. 나흘 간의 사랑의 행로. 그 곁에 언제나 있었던 식당의 노란색 테이블. 영화에는 테이블뿐만이 아니다. 방의 벽이며 문의 손잡이, 커튼에 이르기까지 노란색 일색이다. '노란색 방'이다. 두 사람만이 공유하는 세계다. 그렇기에 노란색은 행복의 기쁨이며 잔혹할 만치 어두운 인생을 상징한다.

화가인 동시에 색채론의 저자인 요하네스 이텐은 "노란색은 여러 가지 색상 중에서 무엇보다 환한 빛을 발하는 것이다. … 일반적으로 '빛을 비추어 본다.'라는 것은 지금까지 감추어져 있던 사실을 인식하도록 만드는 것을 의미한다."고 언급했다. 희망과 동시에 감추어진 어둠을 의미한다. 그래 프란체스카 그녀는 마음속으로 사랑의 기쁨을 누리는 순간 숨겨져 있던 사실을 인식해야 하는 아픔을 동시에 지녀야 했을 것이다. 사랑의 아픔을 간직한 채 삶의 무거운 책임을 다하고자 했던 킨케이드와의 관계. 아픔과 책임을 동시에 받아들이고자 했던 주인공의 성숙한 삶의 모습을 작품의 결미에서 보여준다. 슬프지만 아름답다.

다시금 고흐의 〈까마귀가 나는 보리밭〉을 본다. 노란 색채를 본다. 짙고 푸른색의 하늘 아래 엷은 녹색 사이로 물결치는 노란색 보리밭 사이로 검은 까마귀가 날고 있다. 어둠과 대치된 노란색의 부조화. 밝음과 어둠이 한 세계를 이루는 묘한 조화의 세계다. 슬프지만 결코 슬프지 않은.

미로迷路 찾기

시내 중심가를 걷다 보면 때때로 정신이 혼미해진다. 온갖 간판들이 즐비해서다. 저녁나절이면 휘황한 네온 불빛에 늘 지나던 거리가 더욱 생소해진다. 어디선가 본 듯하지만 방향을 상실한 채 미로를 거니는 느낌일 때가 자주 있다. 지나는 사람들마저 온통 생소한 게임에 몰두하고 있는 듯하다. 인파로 가득 찬 거리만이 아니다. 문학의 거리도 이와 별 다를 바 없다. 너도나도 문인이란 표찰을 달고 있지만 진정한 작가는 찾기가 힘들다고 한다. "오늘의 작가는 늪 속을 유영하고 있다."고 했던가. 하나같이 끈적이고 혼란스럽기 그지없다.

정국(政局)이 혼란스럽다. 끝내 대통령이 재신임을 거론하고 나섰다. 헌정사상 초유의 사태다. 그 후 폭풍이 엄청난 파장을 몰아오고 있다. 그렇지 않아도 뒤숭숭하고 혼란스러운 정치판이었다. 경제적 위기에 태풍피해, 이라크 파병 문제 등 현안늘이 산적한데 느닷없이 터져 나온 한마디가 일파만파다. 나비효과도 이만하면 가히 놀랄 일이다. 자고 나면 경악할 소식이 기다린다. 그마저 이젠 단련이 되어 점차 무감각해져 간다. 그렇게 하루 이틀 지나다 보면 충격 효

과도 별무(別無) 신통해선가. 초인(超人)을 애타게 기다리던 마음도
병이 깊어 백방으로 백인을 구해봤자 효험마저 신통치가 않다. 그
렇다고 거부할 수도 포기할 수도 없다. 좀 힘들더라도 목을 길게 늘
이고 어둠 속에서 햇살을 기다린다. 역사는 장강(長江)을 이루며 흘
러간다.

세르반테스는 "진실 그것의 어머니는 역사다. 역사는 시간의 경쟁
자, 행위의 보고(寶庫), 과거의 증인, 현재의 표본이고 충고인이며
미래의 상담인이다."라고 했다. 메나르도 이렇게 적고 있다. "… 진
실, 그것의 어머니는 역사이다."라고. 그렇다면 '역사는 진실의 어
머니' 라는 말이 성립될 만하다. 놀랄 만한 아이디어다. 이는 역사의
진실이다.

그러나 우리에게 있어 지금 분명한 것은 그 역사가 '미로
(Labyrinths)' 찾기인가 싶다. 선택의 가능성이 고갈되어 버린 상
태. 이를 존바스(John Barth)는 '고갈의 문학' 이라고 말했던가. 여
기서 '고갈' 은 외형적, 도덕적 또는 지적 퇴폐처럼 어떤 것이 피곤
해진 상태만을 표현하는 것이 아니다. 형식의 완전소모, 어떤 가능
성의 고갈을 말한다. 그렇다고 위기의식만 키울 일은 아닐 것이다.
위기는 곧 새로운 출발의 신호탄일 수 있어서다. 바스의 소생의 문
학이 그러하다.

조이스는 〈피네간의 경야〉에서 "강이 흐른다. '이브와 아담' 교회
를 지나서, 해변의 굽이로부터 만(灣)이 굽어진 곳까지, 널찍한 마
을을 한바퀴 돌아 다시 우리를 하우스 성(城)과 엔비론까지 데려오
면서."라고 읊지 않았는가. 하여 오늘의 문학은 미로 찾기의 나날일
수밖에 없다.

 늪에서 빠져나갈 방도가 전혀 없는가? 고갈의 시대에는 '위대한 작품'만이 살아남는다. 시간과 공간을 초월하여 영원히 기억되는 작품이다. 그런 작품을 생산하는 일이야말로 우리가 참으로 바랄 바다. 그러나 어디 그러한가. 불후의 명작을 남기겠다는 열의는 가상하다.

 하지만 우리에게 정작 필요한 것은 작고 귀여운, 평범하지만 비범한 조그마한 것들이다. 그런 소박한 것이 오늘 우리를 더욱 매혹시킨다. 이런 것들은 작가나 독자에게 큰 부담을 안겨주지 않는다.

 나는 『율리시즈』와 『파우스트』를 의무감에서 읽었지만, 『신곡』을 읽다가 중도에 포기한 일이 여러 번이었다. 그보다는 아주 작은 삶의 이야기들 일테면 모파상의 『목걸이』나, 토마스 하디의 『귀향』과도 같은 단편들이 오히려 읽기에 부담이 덜했다. 그렇다. 이런 소박한 이야기가 더욱 우리를 즐겁게 하였건만 과욕과 맹신으로 미로에서 헤매는 작가들이 없지 않다. 답답한 일이 아닐 수 없다.

 문학은 현실을 반영한다는 원론을 들먹일 필요도 없다. 그런데 그 현실은 우리로 하여금 종종 분노의 휘말리게 한다. 정치적 불의나 부정, 경제적·사회적 불균형과 같은 심각한 문제들이 항상 우리 앞에 놓여 있다. 그래 때론 작가를 위협하고 분노하게 하며 울분을 터뜨리게 하기도 한다. 이 경우 거룩한 분노는 세상을 비판하고 경멸하며 증오하게 한다.

 더구나 산업화에 따라 가치관이 변모하고 '미풍양속이 사라지고 자연이 파괴되며 환경이 오염된다. 끝내는 인간의 성정마저 난폭해져 간다. 문학은 이런 현실을 반영하는 용기일 것이다. 그렇기에 작가는 때로 현실에 저항하게 마련이다. 그런데 작가와 작품의 불일치, 도덕과 문학의 불일치, 언어의 자율성 등에 대한 새로운 인식은 무엇에 대한 저항일까?

이제 작가의 소명은 뚜렷해진다. 아직도 오만과 편협한 자기만족에 함몰하여 빠져나오지 못하는 작가들이 만(萬)에 하나라도 있다면, 이젠 그 구렁텅이에서 헤어나 유영(遊泳)해야 할 때다. 그래 농부가 끌고 가는 손수레와도 같은 작품을 쓰기 시작해야 한다. "예술은 삶의 감정의 상승이며 자극이다."라고 공언했던 니체의 말이 그 어느 때보다 설득력을 갖는 때가 아닌가.
진실로 문학의 미로 찾기는 계속되어야 하는가?

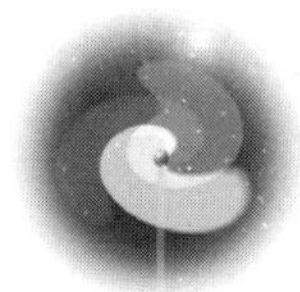

1막 4장

나비

평생토록 한 가지 일에 열중하는 사람, 그는 행복한 사람인가? 아니면 불행한 사람인가? "10년만 한 가지 일에 몰두하라. 그러면 그 분야에 일가를 이룰 것이다." 나비학자 석주명(石宙明)의 말이다. 그는 일생을 오로지 나비 연구에 바쳤다.

1950년 10월 국립과학관 재건회의에 참석하러 가던 그는 충무로 4가 근처 개울가에서 술에 취한 청년들과 하찮은 시비를 벌였다. 그 중 한 청년이 외쳤다. "저 놈 인민군 소좌다!"라고. 그러자 "나는 인민군 소좌가 아니야. 나는 나비학자 석주명이야!"라고 소리쳤다. 그들이 그를 막무가내로 잡아끌었다. 그리고는 "인민군 소좌가 틀림없다."며 총을 겨누었다. "나는 나비밖에 모르는 사람이야!"라고 그가 외쳤다. 누군가 석주명 선생을 향해 총을 쏘았다. 오로지 나비밖에 모르던 위대한 학자의 최후였다.

"나는 논문 한 줄 쓰려고 나비 3만 마리를 만졌다"는 석주명은 1946년 국립과학관 동물학 연구부장을 맡고 있었다. 조복성 관장과 석주명 부장은 기술직 공무원의 최고 대우인 기감(技監)이었다. 세계적 학자라는 명성으로 보아 석주명이 관장을 맡아야 하겠지만,

당시 미군정 당국자들은 눈이 어두웠다. 그러나 석주명은 그런 일에 개의치 않았다. 나비 연구의 선비이자 나이가 더 많은 조복성이 관장이 되는 것이 당연하다고 생각했다.

아니 그보다는 다른 일에 신경 쓰지 않고 연구에 몰두할 수 있는 직책에 그는 오히려 만족했다. 혹 주위사람들이 직위에 대해 이야기하면 학문 연구에만 몰두할 수 있는 자리에 있는 것이 얼마나 고마운지 모르겠노라 했다. 다른 이들이 그를 부관장이라 호칭하면 노골적으로 언짢아 했다. 송도중학교를 사직했을 때도, 남들이 꺼리는 제주도 근무를 자원했고, 국립과학관에서 연구부장을 맡을 때도 오로지 연구할 시간과 환경만이 그의 관심거리였다. 평생 나비 연구를 목표로 한 학구생활이 그의 삶의 전부였다. 미국유학의 권고를 받은 일도 있었지만, 개인 형편까지 들어 받아들이지 않았다.

그는 잠자는 시간뿐만 아니라 점심으로 먹는 시간조차 아까워 했다. 주머니에 땅콩을 넣고 다니며 점심을 대용하기도 했다. 언젠가 문교부에 안호상 장관을 만나러 갔을 때의 일이다. 군화를 신고 까만 작업복을 입은 그의 허름한 복장을 보고 비서관들이 면담을 주선하지 않고 기다리게 하였다. 그러자 그는 가방에서 카드를 꺼내 응접실 탁자에 놓고는 그대로 일에 몰두했다. 이를 본 사람들이 혀를 내둘렀다고 한다.

그뿐이 아니다. 저녁을 먹고 나서도 금방 자기가 먹은 음식이 무엇인지조차 기억하지 못하는 때가 많았다고 한다. 의복은 그저 깨끗한 것으로 만족했고, 양말이 두 켤레만 되어도 찾아온 제자에게 한 켤레는 나누어 주었다. 부하직원들이 도시락을 싸오지 못하는 것을 알고는 자신도 도시락을 갖고 가지 않고 찐 고구마를 사다가 직원들과 나누어 먹기도 했다.

6 · 25 동란 전까지 사회 분위기는 어수선하였다. 그는 정치나 사상에 전혀 관심이 없었다. 뒷날 공산군이 과학관을 점령하고 북한 출신 인사들을 한 사람씩 심사할 때에도 "나는 과학밖에는 세상일에 대해 아무것도 아는 것이 없소. 과학을 이해하고 과학자를 위해 주는 나라를 바랄 뿐이오."라고 답변하여 과학관에서 쫓겨날 정도로 정치나 사상에 관심을 두고 있지 않았다.

1948년 신문에 나비학자 석주명의 가정불화 기사가 보도된 일이 있었다. 헤드라인은 '나의 길을 가련다!', '세계적 나비학자 석주명 씨 이혼'이었다. 신문마다 경쟁하듯 그의 가정불화 뉴스를 다뤘다. 범상한 사람으로서 그의 인간적인 면모는 불행했던 사람일 수도 있다. 열아홉에 결혼한 그는 곧바로 일본에 건너가 3년 간 유학 생활을 했고, 귀국해 함흥에 있는 영생고보에 취직하자 곧 부인과 사별했다. 뒤늦게 다시 맞은 부인과는 오랜 갈등과 별거 생활을 해야 했다. 평양 제2고녀를 나온 인텔리 여성이었지만, 남편에게는 고분고분하지 않았다. 육상선수를 지낸 활달한 성격이 학문밖에 모르는 석주명과 맞았을 리 없다. 법정에서의 오랜 공방을 거쳐 그는 15년의 부부 생활을 청산하였다. 그리고 두 해 후, 딸 하나를 남겨두고 노상에서 비명횡사하게 된다. 그의 이런 인간적 불행은 어쩌면 고집이 세고 학문탐구 외에는 가치를 두지 않았던 일견 괴팍한 성격에서 기인했을지도 모른다.

단 한 번 그가 제자의 주례를 선 일이 있었다. 그는 "○○ 군은 나처럼 불행하게 되지 말라."는 단 한마디로 주례사를 마쳤다고 한다. 자신의 불행한 결혼 생활을 그만큼 한탄했음인가. 그가 얼마나 결혼 생활의 파탄이 뼈에 사무쳤으면 그런 주례사 한마디로 끝맺었을까. 에스페란토를 배우러 오는 여학생들에게도 기회 있을 때마다

“이 다음에 시집가서 우리 마누라 같은 여자가 되면 안 돼.”라고 했다던가. 그리곤 “돈 같은 건 아무 쓸데없는 거야. 무엇이든 업적을 남겨야 해.”라고 타일렀다고도 한다.

그의 방에는 북쪽을 향해 커다란 책장과 표본장이 있어 1만여 종의 나비가 전시되어 있었고, 책상 뒤에는 커다란 우리나라 지도가 걸려 있어 그의 집을 방문하는 사람에게는 가장 눈길을 끄는 명물이었다. 지도에는 그가 채집 여행을 다닌 곳이 빨간 금으로 표시되어 있었다. 지도 전체가 붉은 색으로 칠해져 있었다. 그가 나비 연구에 바친 정성과 땀이 얼마였던가를 알 수 있다.

인명은 재천인가. 그는 마흔 나이에 자신에게 불어 닥친 이혼의 비극을 잘 극복하고, 다음해에 “금년부터는 한 살씩 빼기로 한다.”라고 했다던데. 아마도 인생을 팔십으로 보고, 반생을 살았으니 나마지 반생도 젊게 살겠다는 그런 다짐을 했던 것은 아니었을까. 하지만 “이제부터 시작이다.”라고 했던 그 해에 그는 나비들의 뒤를 따라 불행한 죽음을 맞았으니 인간의 삶이란 내일을 예측할 수 없는 일이겠다.

그가 쓴 〈한국산 접류의 연구〉에는 앞으로 자기 신상에 무슨 일이 생길 것에 대비하여 늘 연구 결과를 적당한 곳에서 마무리 지었다고 한다. 자신의 하는 일에 최선을 다하고 항상 준비하는 삶의 자세를 오늘의 우리에게 보여주는 대목은 아닐까 싶다.

“나는 나비밖에 모르오.”라는 그의 목소리가 내 귀에 쟁쟁하다.

잠

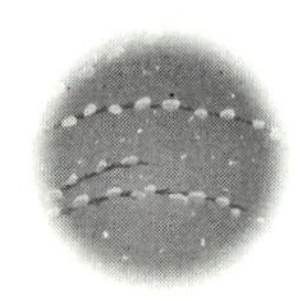

봄은 백화난만(百花爛漫)의 뒤안으로 졸음과 잠이 흐르는 계절이다. 움츠러들었던 기운이 분출해서인가. 피부 한 꺼풀 뒤로 끝없는 늘어짐과 피로가 겹겹이 싸여온다. 거역할 수 없는 졸음과 잠이 동반한다는 점에서 봄은 특유의 생동감을 배반하는 잠재 요소를 스스로 갖고 있는 계절인가 보다.

온몸이 나른하다. 나는 시도 때도 없이 잠에 빠진다. 낮 시간에도 충분한 잠을 자지 않으면 오후의 일이 되지 않는다. 버스를 타거나 기차를 타면 침대차를 탄 것만 같다. 어떤 시간, 어떤 장소에든지 나는 잘도 잔다. 잠자리에선 베개를 베었다 하면 이내 잠속에 빠져든다. 혈압강하제를 거지반 이십여 년 복용하고 있는 나는 몸에 무리가 가지 않게 하기 위해 쉬는 시간을 가급적 많이 갖는다. 나에게 있어 휴식은 바로 잠이다.

졸음과 잠이 강처럼 내 안에서 흐른다. 괴테는 "잠은 곧 죽음을 연습하는 길이다."라고, 했다던데 그러하다면 나는 매양 죽음을 연습하고 있는가?

그리스 신화에서 죽음의 신은 타나토스이며, 잠의 신은 힙노스다.

그들의 어머니는 밤의 여신 닉스다. 그녀가 검은 날개를 활짝 펼치면 세상은 깊은 어둠에 잠긴다. 그녀의 품에서 자란 두 아들. 잠과 죽음은 각각 다른 피부색을 가지고 있었다. 잠의 피부는 흰색이요, 죽음의 피부는 검은색이다.

19세기 영국의 화가 존 윌리암 워터하우스(John William Waterhouse 1849~1917)가 그린 〈잠과 그의 형제 죽음〉은 두 형제의 이런 특징을 잘 보여준다. 빛을 받아 하얀 피부를 더욱 밝게 드러낸 힙노스는 어두운 피부를 그림자 속에 묻은 형 타나토스와 함께 깊은 잠에 빠져 있다. 힙노스의 품에는 양귀비꽃이 안겨 있다. 이 아편의 재료는 늘 나른한 잠에 빠져 있는 그의 대표적인 상징물이다. 탁자 위에 놓여 있는, 주인 잃은 두 개의 피리는 한창 뛰어 놀 나이의 두 소년이 얼마나 맥없이 세월을 보내고 있는가를 잘 드러낸다. 향로에서 타오르는 연기도 생명의 맥박이 고동쳐야 할 소년들과는 어울리지 않는 소품들이다. 하지만 이들 두 소년은 바로 이런 환경과 영원히 벗하며 지낼 운명을 타고난 존재들이다.

힙노스와 타나토스에 대한 이런 이미지에서 우리는 그리스인들이 잠과 죽음을 무엇보다 휴식이라는 관점에서 바라보았음을 알 수 있다. 모든 활동의 중지, 잠과 죽음은 그 시간이 영원하다는 것 정도이다. 잠자는 인간이 어떠한 행동을 할 수 없듯이 죽음 뒤에 인간이 현세에서와 같은 역동적인 활동을 한다는 것은 있을 수 없다. 그래 그들에게 있어, 죽으면 선행과 죄과에 따라 천국과 지옥에 간다는 맹랑한 관념은 어리석은 일이었다. 이런 '천국이데올로기'는 자유롭고 이성적인 인간이 취할 바가 아니라고 생각했을 것이다.

선인과 악인의 구별이 없이 죽어 지하 세계에 갔던 아킬레우스 장군이 옛 전우 오디세우스를 만난다. 아킬레우스가 말한다.

 "죽은 이들의 왕이 되기보다는 차라리 재산도 없고 토지도 없는 피고용인이 될지라도 지상에서 살고 싶소이다."
라고 했다. 우리 속담에 "개똥 밭에 굴러도 이승이 낫더라."라는 말과 같다. 당시의 그리스인들은 사후 세계에 대한 아무런 기대도 관심도 없었다. 유한한 삶을 가능한 낙관적이고 긍정적인 태도로 살려고 했을 뿐이다. 그런 그들에게 기독교나 불교에서 말하는 내세를 약속하며 금욕과 현실 부정을 삶의 목표로 삼길 권했다면, 그들은 그 자리에서 콧방귀를 뀌었을 것이다. 그 후 시간이 흐르면서 그들에게도 대속(代贖)과 내세의 구원을 믿는 엘레우시스교와 같은 종교가 생겨나기도 했다.

 두 형제는 축제가 끝나면 다시 어머니를 모시고 갈 생각으로 그날 밤 신전에서 잠자리에 들었다. 그렇게 잠이 든 두 형제는 이후 영원히 깨어나지 않았다. 그것이 헤라 여신이 이 효성스러운 형제에게 내린 지극한 복이었다. 영원한 잠. 그것이 인간이 바랄 수 있는 최고의 축복이었던 것이다.

 유한한 게 인생이다. 그러나 그렇게 숱하게 스러져도 인생은 태곳적부터 이 땅 위에 반복해 피어났고 앞으로도 반복해 피어날 것이다. 마치 봄과 인생이 죽음의 날줄과 씨줄로 자아내듯……
 참으로 인생은 위대하고 아름다운 순환의 대서사시가 아닌가.
 나른한 봄철이다. 잠이 쏟아진다.

공전空轉과 냉소冷笑

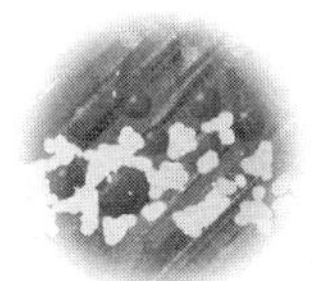

　더도 말고 덜도 말고 한가위만큼만 하라고 했다던가. 하늘 높고 오곡이 풍성하니 가을은 필시 좋은 계절인가 보다. 추석연휴가 끝나고 귀경하는 차량들로 고속도로는 만원이다. 밤낮 없이 귀향, 귀경 길에 차량들은 고속도로마다 빼곡하게 들어차 있다. 그들 속에 일원이 되지 않은 것만이 다행이다 싶다. 연휴는 나흘이나 계속되었다. 한데 어쩌다 맞이한 금쪽 같은 휴일을 집을 지키는 강아지모양 오도가도 하지 못한다. 하니 마음은 더욱 피곤하기만 하다.

　타성화된 관습에서 벗어나고 싶다. 아무도 나를 구속하지 않지만 자유를 얻기에는 삶이 만만치 않다. 이리저리 텔레비전 채널을 돌린다. 그도 지쳐 컴퓨터 앞에 앉아 혼자 궁상을 떨어본다. 그러나 그도 시원치가 않다. 오만 가지 생각들이 머릿속에 가득하다. 아무리 비워내려 해도 거머리처럼 달라붙는 삶의 흔적들이 줄곧 옭아맨다. 냉소(冷笑)다. 그래, 역사의 냉소 앞에 나는 지금 앉아 있다.

•이라크 연쇄 폭발테러 340명 사상(死傷)
2004년 10월 1일자 동아일보 1면 기사 내용이다.

내년 1월 총선 실시를 앞두고 미군과 이라크 과도정부가 지난달 29일부터 저항세력을 초토화한다는 '10월 대공세'에 돌입하면서 전국 도처에서 저항세력과 치열한 교전을 벌이고 있다.

이라크 과도정부 하젬 샬란 국방장관은 이날 "저항세력이 장악한 도시들을 10월에 모두 되찾을 것"이라며, "내년 1월 총선거는 예정대로 실시될 것"이라고 말했다. 이라크 과도정부의 대공세 작전은 저항세력이 여전히 장악하고 있는 '수니 삼각지대'에 속한 팔루자와 라마디를 비롯해 바그다드 빈민촌인 사드르시티를 장악하기 위한 것.

이에 따라 미군과 이라크 정부군은 저항세력 근거지에 대한 대대적 공세에 나섰으며, 이에 호응한 저항세력의 테러가 속출하고 있다. 저항 세력들은 30일 바그다드에만 3차례 동시 다발 폭탄테러를 일으켰으며, 북부 탈라파르에서도 차량 폭탄 공격을 가하는 등, 이날 하루만 이라크 전역에서 최소 55명이 숨지고 284명이 부상했다

• 한나라 원제(元帝) 때의 일이다. 궁녀 왕소군(王昭君)은 절세의 미녀였다. 원제는 궁녀가 많아 일일이 그들의 얼굴을 볼 수 없었다. 화공을 시켜 그녀들의 얼굴을 그려 바치게 하였다. 그림을 보고는 마음에 드는 궁녀를 낙점(落點)했다. 그러자 궁녀들은 궁중 화가였던 모연수(毛延壽)에게 뇌물을 주어 자신의 얼굴을 좀더 예쁘게 그려달라고 간청하였다. 그러나 도도했던 왕소군은 모연수에게 뇌물을 주지 않았다. 이에 모연수는 그녀의 얼굴을 몹시 추하게 그려 임금에게 보였다. 당연히 한빈도 임금을 가까이에서 모실 기회를 언지 못했다.

이즈음 한나라는 흉노 문제로 골머리를 썩이고 있었다. 마침 흉노의 왕 호한야(胡韓耶)가 한나라의 미녀로 왕비를 삼을 것을 청했다.

그러자 원제는 못생긴 왕소군을 그에게 주기로 하였다. 그런데 막
상 왕소군이 오랑캐 땅으로 떠나려는 시각, 그녀를 본 원제는 그 미
모에 놀라지 않을 수 없었다. 모연수에게 뇌물을 주지 않아 추하게
그려진 사정을 뒤늦게 안 왕은 격노하여 모연수를 참살하였다. 마
침내 그녀는 쓸쓸히 흉노 땅에 들어가 오랑캐의 왕비가 되었다. 이
런 고사를 두고 시선(詩仙) 이백은 〈왕소군〉이란 시에서 그녀의 떠
나는 모습을 이렇게 읊었다.

王소군 옥안장에 치맛자락 스치며　(昭君拂玉鞍 소군불옥안)

말에 오르자 붉은 빰엔 눈물지네.　(上馬啼紅顔 상마제홍안)

오늘 한나라 궁녀의 몸이　(今日漢宮人 금일한궁인)

내일 아침 오랑캐 땅, 첩의 신세라.　(明朝胡地妾 명조호지첩)

이렇게 졸지에 흉노의 왕비가 된 그녀는 말도 통하지 않는 답답함
속에 버림받은 자신의 신세를 한탄하면서 봄을 맞았다. 그러니 봄
이 왔지만 봄을 느낄 수 있었으랴.

오랑캐 땅인들 화초가 없으랴만　(湖地無花草 호지무화초)

봄이 와도 봄 같지가 않구나.　(春來不似春 춘래불사춘)

이라 했다.

1980년 봄 당시 정치인들이 군부의 서슬 푸른 위세를 빗대어 인
구에 회자되었다. 사연 많은 이 구절은 여기서 연유하였다. 시절이
하수상하면 다시금 상기되는 구절이 아니던가.

• 유가(油價)가 배럴당 50달러를 육박한다고 한다. 신용불량자가 450만 명을 헤아린다고도 한다. 대통령 탄핵정국이 끝나고 이젠 안정을 찾고 국익을 위한 일에 합심할 줄 알았다. 그런데 이상스레 그건 예쁜 착각이었던가. 경제 환난 시절보다 더 어렵다고 한다. 도무지 먹고살기가 힘겹다고 한다. 신문은 줄곧 민생 챙기기, 경제회생을 부르짖는다. 그렇건만 국회는 매양 그 타령이다.

힘의 논리가 지배하는 세계는 전쟁과 자연의 재앙으로 연일 시끄럽다.

역사의 냉소인가? 역사의 공전(空轉)인가?

• 행동주의 작가 앙드레 말로는 "인류의 정의가 실패할 수 있음을, 인간의 정신이 폭력에 꺾일 수 있음을, 그리고 용기가 무망하게 산화(散華)할 수 있음을 스페인에게서 배웠다."고 했다.

스페인 내전은 선과 악의 직선적 대결이었다. 1936년 스페인령 카나리아 군도에 좌천된 프랑코가 군사반란을 일으키면서 내전은 시작되었다. 국민이 선택한 공화파 정부를 마땅치 않게 생각하던 대지주와 자본가, 가톨릭교회, 군부가 이에 호응했다. 반란군은 쉽사리 수도 마드리드를 점령할 것처럼 보였다. 그러나 민중의 저항은 거셌다. 전세계 지식인들을 흥분시켰다. 스페인의 내전은 예술인들의 행동주의 시대를 열었다. 말로, 헤밍웨이, 조지 오웰, 스티븐 스펜더, W H 오든 등 세계 지성들이 스페인으로 모였다. 3년 간의 내전은 공화파의 완패로 끝났다. 파시스트늘의 국제석 연대가 공화주의자들을 압도했던 것이다. 히틀러와 무솔리니가 프랑코에 대규모 화력을 지원했지만, 영국과 프랑스는 어정쩡했다. 1938년 1월 바르셀로나가 함락되었고 1939년 3월에는 마드리드도 점령당

했다. 그리고 영국과 프랑스에 이어 미국도 프랑코 정부를 승인하기에 이른다.

　그렇다. 스페인 내전은 허망한 역사의 공전(空轉)이었다. 역사의 냉소(冷笑)였다. 무려 100만 명이 희생된 '피의 밭'에서 정작 자란 것은 프랑코의 36년 철권정치였다. 천수(天壽)를 누리다 간 프랑코. 그는 죽기 전에 "적을 용서하겠는가?"라는 질문에 "내겐 적이 없다. 모두 사살되었다."라고 답했다 한다.
　미국의 일방적 승리로 끝난 이라크 전은 아직도 진행 중이다. 얼마나 더 많은 사람이 목숨을 잃어야 할지 아는 이는 아무도 없다.

얼굴 없는 전화

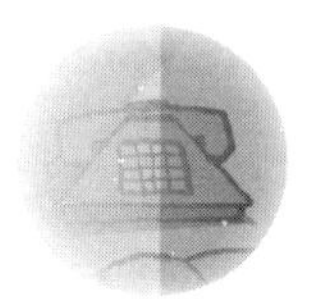

●

1

느닷없이 일요일 아침에 받은 전화 한 통이 몸에 붙은 송충이모양 아무리 털어도 개운치가 않다.

"XX 조사연구기관입니다. 에어컨 사용에 대해 몇 가지 설문에 답해주시겠습니까?"

수화기를 타고 낯선 중년 여인의 목소리가 들려왔다. 순간 짜증이 일었다. 아침부터 얼굴도 모르는 여인에게 그런 속내를 보일 수도 없다. 들어나 보자 했다. 아주 점잖게 "말씀하십시오." 하고 대답을 했다. 수화기 너머로 내 눈치를 채었는지 고맙다는 인사가 전해왔다. 그런데 설문 항목이 끊이질 않고 계속되었다. 서서히 짜증이 나기 시작했다. 어디까지 가나 보자 하고 꾹 눌러 참았다. 하지만 설문의 요지가 영 수상쩍었다. 에어컨에서 냉장고로 급기야는 직업에, 월급여가 얼마며, 주택은 몇 평인가에 이르렀다. 더욱 요상한 것은 설문에 답한 사람의 이름까지 묻는다. 선생님 목소리가 아주 아나운서같이 좋은데요? 라고 덧붙이기까지 한다. 이건 웬 아첨인가 싶었다. 그렇다고 다가서기에는 이미 인내의 한계를 벗어나고 있었다.

전화를 끊고 한동안 얼굴 없는 전화에 매달려 못마땅해 했다. 초반에 끊었어야 할 일이었다. 그렇건만 그날따라 무슨 귀신이라도 씌었는지 그냥저냥 질문에 답하다 보니 도중하차는 더욱 어려웠다. 정치·사회적인 문제에 관해 설문에 응한 경우가 더러 있었지만, 이 경우는 특별했다. 진의를 파악키가 어려웠다. 물론 의심스러운 점을 되물었지만, 영 납득할 만한 일이 아니었다. 혹여 이 일로 인해 무슨 달갑지 않은 일이 있지나 않을까 싶었다.

편안히 쉬어야 하는 일요일 아침이나 저녁나절 늦은 시각에 받는 전화는 그리 반갑지 않다. 적막을 깨고 울려오는 전화벨 소리가 이완된 신경을 긴장하게 한다. 이럴 때 받는 전화는 급한 일을 알리는 전언이거나, 듣지 않아도 좋을 성싶은 전화가 다반사다. 더욱이 얼굴 없는 전화의 경우에는 뭔가 나의 내밀한 모습을 보여주기라도 한 듯 오래도록 개운치가 않다.

문득 전화로 인해 피해를 받았느니 어쩌니 하던 뉴스나 더러 정보 누출로 인한 피해를 입었다는 사람들의 이야기가 떠오른다. 게다가 핸드폰이 상용화되면서부터는 문자 메시지에 시달리는 경우도 비일비재하다. 바쁜 시간에 전화기를 들면 "오빠, 나 심심해!"라고 찍혀 있다. 애교로 보아주기에는 너무 낯간지럽고 화끈거린다. 얼굴 없는 이들의 무차별적인 메시지 송출을 그저 해학으로만 받아들이기에는 이미 선(線)을 넘고 있다. 이런 일에 비하면 중년 여인의 얼굴 없는 목소리는 그나마 예의를 갖추고 있다. 아무리 그렇다 해도 얼굴 없는 전화는 반갑지가 않다. 디지털시대라고 다 좋은 게 아니다.

온갖 것을 멋대로 노출시켜 사생활을 침해하길 밥 먹듯 하는 디지

털시대가 그리 좋게만 보이지 않는 것은 선골 탓이 아니다. 숨길 것
은 적당히 마음안에 두어야 할 일이지 싶다.

●

2

　중년 여인들의 집중공세를 받기 시작한 것은 달포 전부터다. 나른
하다 싶은 오후 핸드폰을 통해 걸려온 목소리에는 다소의 나긋함이
묻어 있었다. 그녀는 조심스럽게 말문을 열었다. 부동산중개업을
하는 회사라고 했다. 들어보나마나한 이야기임을 직감으로 안다.
그런데 좀 이상하다 싶었다. 어찌 알고 전화를 했으랴 싶었다. 물론
처음 있는 일은 아니었다. 집전화로 걸려오는 전화는 전화번호부를
통해 무작위로 집중공세를 한다고 들었다. 그때마다 나는 관심이
없다는 이유로 단호하게 수화기를 내려놓곤 했다. 그런데 이번엔
핸드폰으로 걸려온 것이었다. 이 역시 개인신상정보가 노출된 시대
에 살고 있으니 어쩔 수 없는 일이라고 치부했다. 고도의 상술이려
니 여기면서도 기분이 떨떠름할 밖에 없었다.

　웬걸, 나는 단호하게 그녀의 이야기를 물리치지 못하고 상대의 얼
굴도 모르는 전화에 매달리고 있었다. 재테크를 위한 정보를 제공
하겠다고 했다. 이야기인즉 노후대책으로 좋은 땅을 소개하겠다는
것이었다. 그녀는 대화 상대에 대한 예의와 설득력을 지니고 있었
다. 그러니 이런 일을 하지 않으랴 싶었다.

　잠시 그녀의 이야기를 듣는 척했다. 좋은 토지만을 골라 신속하고
정확하게 하자 없이 소개해 준다고. 물론 전화로 이야기하는 것은
신뢰성이 없으므로 나중에 회사에 직접 내방해 보면 믿음이 갈 것
이라고. 내심으론 솔깃한 구석도 없지 않았다. 재테크도 쉽지 않은
세상에 노후를 생각하면 누군들 관심을 기울이지 않으랴. 물론 그

만한 경제적 여유가 따라야 하겠지만…. 어떻든 콩밭엔 콩 심고 팥밭에는 팥만 심어야 하는 내게 그녀의 말이 제대로 들려올 리 만무했다.

처음엔 호기심 반, 통화료 비싼 핸드폰 요금 생각하여 들어주는 척, 그러다간 바쁜 핑계를 대어 전화를 끊었다. 그녀의 전화는 그 후로도 거지반 하루일과가 끝나가는 시간쯤에 어김없이 걸려왔다. 그저 제 목소리를 기억해 달라고, 그러다 보면 언젠가 필요할 날도 있을지 모른다고, 정보만 제공한다고 했다. 하지만 내겐 이 일이 적지 아니 곤혹스러운 일이었다. 답변을 하자니 그렇고, 이야기를 듣고 있자니 이 또한 마음이 편치 않았다. 그렇다고 거두절미 사양하자니, 얼굴 모르는 사이지만 먹고 살려 하는 일에 재를 뿌리는 일이었다. 장난삼아 할 일은 아니라는 생각이 들었다. 이러구러 몇 번 전화가 더 이어졌지만, 가급적 몇 마디 통화 후에는 일을 핑계로 일찌거니 통화를 끝내곤 했다. 그녀가 스스로 판단하여 "아, 이 사람은 가망이 없는 사람이다."라고 판단해주길 바랐다.

시간이 흐르는 사이 이번엔 다른 목소리의 여인이 전화를 걸어오기 시작하였다. 다른 부동산 정보회사였다. 퍼뜩 의심이 들었다. 도대체 어디서 무슨 정보를 얻었단 말인가? 앞서의 일이 있어 이번에는 아주 단호하게 '관심 없음'을 표명했다. 초전에 승부를 내지 않으면 오래도록 고생한다는 이치를 비로소 터득한 것이었다. 그 후로도 여러 차례 얼굴 없는 전화는 이어졌다. 요사이 얼굴 없는 전화가 좀 뜸하다 싶은 것은 그녀들이 내 이런 기미를 눈치 챈 것일까? 그런데 이상한 일은 얼굴 없는 전화를 거부하는 내 마음이 그리 편치만은 않다는 데에 있다. 직장잡기가 하늘의 별 따기처럼 어렵다는 이 경제난국에 그녀들의 고달픈 역정이 떠올라서이다.

한편에선 전 재산을 토지사기범들에게 속아 몽땅 날렸다는 보도
가 수화기에서 나오는 목소리처럼 앵앵거렸다.

•

3

수필창작 통신강좌를 하다 보니 자연 상대방의 얼굴이 어떤지를
알지도 못한 채 대화를 한다. 화상데이트라는 것도 있건만, 상대가
누구인지 모른 채 대화를 하는 것은 궁금증을 유발한다. 그렇다고
메일로 지도만 하면 되는 일이니, 굳이 얼굴을 확인할 필요는 없는
일이다. 그렇게 접어생각해도 궁금하긴 매한가지다. 상대방의 얼굴
도 모르면서 몇 달째 통화를 한다고 생각해 보라.

그런데 이상한 일도 다 있다. 당자가 얼굴을 보여주기 싫어하는
것이다. 메일로 작품 지도를 하다 특별한 경우 전화통화를 하는 경
우가 더러 있다. 대개의 경우 사진으로라도 얼굴을 확인하였으니
이미 상견례한 사람만 같다. 그런데 그녀는 얼굴을 보여주지 않는
다. 궁금증이 가시지 않는다. 대화의 재미는 상대방의 표정을 보아
가면서 이야기를 해야 제 맛이 나지 아니하랴.

한 여인이 얼굴을 보여주지 않는다. 지천명하는 나이에 무슨 부끄
럼인가 싶었다. 애초부터 그녀는 그랬다. "근데요, 특히 사진은 좀
그런데요. 저 무지 이상하게 생겼어요. 그래서 보내드리기가 그런
데 어떻게 해요?" 했다. 당자가 싫어하는 일을 굳이 고집할 필요가
없다. 그런대로 시간이 흘렀지만, 이젠 사진이 필요할 때가 되었다
싶었다. 온갖 개인 신상이 노출되는 시대가 아닌가.

어차피 언젠가는 익명을 벗어야 하지 않을까 싶었다. 나는 그 여
인에게 모습을 드러내라고 했다. 답변이 왔다. "미스코리아 선발 대
회 아니라고 말씀하시려고 그러시죠? 그래도 그렇죠. 제가 좀더 생

각해 보고요. 이참에 교수님 제 얼굴 확인하시려고 그러시는 거 아
니시죠. 애공 죄송합니다. 그러실 리야 ….”
　재미있다 싶었다. 선뜻 자신의 얼굴을 공개하지 못할 때는 그만한
이유가 있을 일인데, 그걸 보채는 내가 더욱 우스꽝스럽다.
　나는 지금 그녀가 자신의 얼굴을 보여줄 때를 느긋하게 기다리
고 있다. 그날이 언제일는지 모르지만, 마지못해서라도 자신의 얼
굴을 자랑스럽게 드러내어 얼굴 있는 전화를 할 날이 언젠가는 있
으렷다.

무의미의 의미

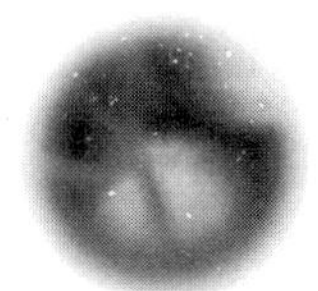

아침 6시. 필은 평소와 다름없이 잠자리에서 일어난다. 라디오에선 음악과 함께 멘트가 들려왔다. 이상한 일이었다. 어제 아침 음악과 똑같은 내용이었다. 그날은 2월 2일 '그라운드호그 데이'였다. 텔레비전 기상보도관인 필은 폭설로 길이 막힌 펜실베니아 주 작은 도시인 펑쑤토니에 취재차 머물고 있었다.

이상한 일은 그뿐이 아니었다. 호텔 앞거리에서 그는 어제와 똑같이 거지할아버지와 보험외판원인 동창생 네드를 만나 행사를 취재한다. 그리곤 폭설로 길이 막혀 다시 호텔로 돌아온다. 분명 시간은 가고 있건만, 아침엔 어제와 똑같은 일이 다시금 벌어져 있었다. 하지만 이런 기이한 현상이 자신만 의식하고 있을 뿐, 아무도 모른다는 데 있었다. 그는 연필을 부러뜨려 놓고 잠을 자기도 하고, 리타에게 이 믿을 수 없는 현상을 호소해 보기도 한다. 하지만 다음날 아침이면 으레 연필은 언제 그랬느냐는 듯 말짱하고, 리타는 필이 자신을 놀린다고 생각한다.

필은 문득 의문을 품는다. 모든 일들이 도무지 서로 앞뒤가 맞지 않는다. 한마디로 부조리하다. 그렇다. A. 카뮈의 '위대한 의식의 순간'이었다. 필은 서서히 자신이 아무리 발버둥쳐도 이 절망적 상황을 빠져 나갈 길이 없음을 깨닫게 된다. 카뮈가 말한 '숨막히는 하늘'에 갇힌 것인가. 시지푸스적인 상황. 레미스 감독의 영화 〈그라운드호드 데이〉는 〈사랑의 블랙홀〉로 번역되었다.

어처구니없는 현실에서의 부조리. 그래서 '왜?'라는 질문을 던져 보지만 주인공 필에게는 그저 침묵만으로 일관한다.

영화 〈사랑의 블랙홀〉은 이런 현상들이 순차적으로 발생한다. 무엇을 하든지 상관없이 모든 것이 원상태로 돌아가고 오늘과 꼭 같은 내일이 시작된다는 부조리한 사실 앞에서 그는 모든 행위의 무의미함을 깨닫는다.

필이 차에 함께 탄 사내들에게 묻는다. "매일 똑같은 날이 계속되고 같은 일들이 반복되면 어떻겠소?" 사내들은 필의 물음에 의아해한다. 동창생인 네드를 때리고, 음주운전을 하고, 처음 본 여자를 유혹해 침대로 끌고 간다. 그런데 다음날이면 언제 그랬느냐는 듯 아무 일도 일어나지 않는다. 곧장 2월 2일인 '그라운드호그 데이'의 아침으로 돌아간다.

이렇듯 반복되는 일상 속에서 필은 삶의 권태와 무의미상을 체험한다. 그는 성공 지향적 독신주의자였다. 자기 관리에 엄격했고, 출세와 관련이 없는 것은 절대로 용납하지 않았다. 그는 타자에게는 거만하고 자기중심적으로만 보였다. 그런데 이 모든 것들이 일순간에 무의미해지기 시작하였다. 시간이 흐르지 않기 때문에 더 이상 출세할 수도, 자기 절제도 필요치 않았다. 한마디로 '세계의 낯섦'이었다.

카뮈는 이런 세계에 대한 낯섦은 존재한다는 사실 그 자체에 대한 생경함이기 때문에 '타인에 대한 낯섦'으로 이어진다고 하였다. 이런 부조리는 세계에 대한 낯섦, 타자에 대한 낯섦, 나아가 자신에 대한 낯섦으로 끝내는 절망으로 몰아가게 된다.

삶의 무의미성이 아닌가. "습관의 가소로움, 삶에 대한 심각한 이유의 결여, 법석을 떨며 살아가는 일상의 어처구니없는 성격, 고통의 무용성" 등은 바로 시지푸스적인 상황이다.

그리스 신화에 의하면 시지푸스는 바람의 신 아이올로스와 그리스인의 시조인 헬렌 사이에서 태어난다. 호머는 "시지푸스가 인간 중에서 가장 현명하고 신중한 사람"이라고 했다. 그러나 바로 그 때문에 그는 신들로부터 미움을 사게 된다. 시지푸스는 아폴론의 소를 훔친 신 헤르메스의 비행을 아폴론에게 알려주었고, 독수리로 변한 요정 아이기나를 납치해 간 제우스의 비행을 딸을 잃고 슬픔에 빠진 아이기나의 아버지인 강의 신 아소포스에게 가르쳐 주었다. 화가 난 제우스가 그를 잡기 위해 죽음의 신 타나토스를 보내고, 꾀 많은 시지푸스는 오히려 그를 쇠사슬로 묶어 돌로 만든 감옥에 가두어 버린다. 그러나 잔인하고 호전적인 전쟁의 신 아레스는 다른 사람들이 입을 피해를 생각하여 항복하고 저승으로 따라간다. 하지만 그는 그 곳에서도 저승의 왕인 하이데스를 속여 다시 세상으로 도망쳐야 했다. 그리고는 '천천히 흐르는 강물과 별빛이 잠든 밤바다와 금수초목을 품어 기르는 산과 날마다 새롭게 미소 짓는 대지' 속에서 삶의 기쁨에 충만하여 행복한 삶을 살아간다.

끝내 시지푸스의 노역이 시작된다. 신들은 그에게 인간으로서 가장 견디기 힘든 가혹한 형벌을 준비한다. 거대한 바위를 계곡으로부터 바위산까지 밀어 올리는 일이었다. 바위는 시지푸스가 온 힘

을 다해서 밀어 정상에 올려놓으면, 바로 그 순간 제 무게로 인해
다시 계곡으로 굴러떨어졌다. 바위가 항상 정상에 있도록 해야만
하기 때문에, 다시 처음부터 그 바위를 밀어 올려야만 했다. '하늘
없는 공간, 깊이 없는 시간'과의 싸움이었다. 부단히 바위를 밀어
올려야만 하는 고통. 시지푸스가 치러야 하는 가없는 형벌이었다.
카뮈의 말과 같이 "무용하고 희망 없는 노동보다 더 끔찍한 형벌"
이었다.

해롤드 레미스가 감독한 영화 〈사랑의 블랙홀〉은 현대인의 일상을
시지푸스의 형벌과 비교하고 있다. 카뮈의 '위대한 의식의 순간'을
사건의 발단으로 설정한 것이다.

필은 끊임없이 반복되는 일상의 블랙홀인 펑쑤토니 마을을 빠져
나갈 방법으로 자살을 시도한다. 그러나 모두가 실패였다. 토스토
기계를 갖고 욕조에 들어가 감전사를 시도해 보기도 하고, 트럭으
로 뛰어들거나 첨탑에서 뛰어내려 보기도 한다. 심지어 칼로 찌르
고 총으로 쏘고 독약을 마시고, 절벽으로 차를 몰아 자살을 감행하
기도 한다. 그러나 다음날 아침 6시가 되면 어김없이 똑같은 라디
오 음악과 멘트를 들으며 그는 잠에서 깨어난다. 자살은 부조리한
상황에서 벗어나는 길이 아니었다.

무엇 하나 반반히 해 놓은 게 없다. 정신적 만족도, 물질적 향유도,
인간 관계도, 사회적 명성도 그 아무것도 손에 잡히는 게 없다. 있
다면 무가치한 인쇄물의 낭비만이 도처에 널려 있다.
하늘에 별은 빛나건만, 시간이 흐를수록 자괴와 회오한 감정의 찌

꺼기만이 쌓여간다. 소심은 더 큰 불안을 만들고, 탁류에 휘말려 헤어나지 못하면서 강변에 선다.

　시간의 낭비. 그 끈끈한 무의미 속을 헤엄쳐 이제 새 날을 맞이하건만, 시야는 언제나 흐릿하기만 하다. 이 노역이 끝나는 날 과연 나는 어떤 의미를 찾으려는가. 모를 일이다. 미로를 헤엄치는 행위가 정녕 어떤 의미를 지니려는지.

마녀 사냥

　어느 고등학교에서 학생 한 명이 4층 옥상에서 뛰어내려 입원 치료를 받던 중 숨졌다고 한다. 그 후 학생의 방에서 쪽지가 발견되었다. "친구 집에 놀러갔는데 가방이 없어졌다고 나를 도둑으로 몰았다. 나는 훔치지도 않았다."라는 내용이었다. 사고가 나자, 학교에서는 그 학생을 도둑으로 몬 가해 학생 7명을 등교정지 처분을 내렸다고 한다. 이 일이 인터넷에 올려져 설왕설래되고 있다. "유 양의 원한을 풀어줘야 한다."며 유서 내용이 공개되고, 가해 학생들의 이름과 사진까지 올려져 서명 운동까지 벌인다고 한다. 사고를 당한 학생의 억울함은 말할 것도 없겠지만, 그 당사자인 학생들이 입을 정신적 피해가 만만치 않다.

　누구의 잘잘못을 따지고자 함이 아니다. 문제는 마녀사냥과도 같은 네티즌들의 온갖 언어의 난무에 있다. 네티즌들이 올린 글은 차마 볼 수 없는 지경이다. 논리적으로 문제를 해결하고자 하는 선의의 네티즌도 있지만, 대부분 욕설과 비방으로 도배되어 있다. 이런 사이버 공간에서 행해지는 익명성의 문제가 회자된 것은 어제 오늘의 일이 아니다. 정보화시대를 맞아 정보의 대중성이나 신속성, 보도성이 엄청난 파장을 일으키고 있는 건 오래 전이다. 지식 정보의 펼침과 넓힘이라는 엄청난 파급 효과가 오늘과 같은 지식 정보사회의 동력이겠지만, 열린 공간에서의 익명성이 사회 문제로까지 비화되고 있다.

지금 우리는 어디서든 무의식적인 감시 상태에서 자유롭지 못하다. '언제 어디서나 존재한다.'는 유비쿼터스(ubiquitous)라는 단어 자체가 공간 속에 존재하는 사람들을 자동적으로 인식하여 컴퓨팅 서비스를 제공하고 있기 때문이다. 한마디로 IT산업의 발달은 전산화, 정보화, 지식화 그리고 유비쿼터스의 과정을 거치면서 무한 발전해 가고 있다. 그러나 그 역기능 또한 무시할 수 없는 게 사실이다.

어제 저녁 신문 지상에는 트위스트 김이라는 연예인이 "50년 배우 인생의 명예가 짓밟히는 건 아무것도 아닙니다. 손녀딸이 '친구들이 할아버지가 인터넷에서 벌거벗은 여자 장사를 한다고 놀렸다'며 울 땐 가슴이 찢어졌습니다."라며 사이버 테러를 눈물로 절규하는 소식을 접하기도 했다. 자신의 예명인 '트위스트 김'이 불법 성인사이트의 제목이나 인터넷 주소에 무려 27개나 사용되고 있다는 것이다.

그보다 며칠 전에는 더 해괴한 소식이 텔레비전이라는 지상파를 통해 뉴스거리가 되기도 했다. 이른바 '개똥녀' 사건이었다. 인터넷에는 이 사건을 두고 현대판 마녀사냥이라고 도배를 하다시피 들끓었다. 지하철에서 애완견이 대변을 본 것을 치우지 않고 내렸다는 것이다. 미디어에서는 자신의 애완견이 싸놓은 오물은 오불관언

하고 애완견만 닦아 주는 여자의 모습을 클로즈업시키면서 그가 떠난 자리의 개똥을 치우는 노인의 모습과 대조적으로 보도했다. 네티즌들은 연이어 '그녀를' 질타하기 시작하였다. 급기야 '개똥녀'라는 신조어까지 등장하여 화제에 올랐다. 어찌 행위의 잘잘못을 따져 물으랴. 생각건대, 익명성의 여론재판에 의해 특정인이 받을 정신적 피해를 한 번쯤 생각해봐야 할 문제인 듯싶지 아니한가. 자의든 타의든, 글자 그대로 현대판 마녀사냥이 되어서야 어찌 밝은 대낮에 거리를 마음 놓고 활보하랴 싶다.

중세 유럽에서 자행되던 마녀사냥은 그 시대만의 학살 사건으로 치부되지 않았다. 그 마녀사냥이 희생양 찾기로 사용됐다는 데에 문제의 심각성이 있을 것이다. 항용 잘못한 이를 벌주기 위해 당사자보다는 희생양을 선정하여 도마에 올려놓는 일이 우리 사회에는 허다하다. 주동자보다는 무고한 사람을 해코지하는 경우일 것이다.

이런 마녀 탄압은 기원전 1200년 이집트에서부터 있었고, 그 선풍은 13세기 무렵 프랑스에서 불기 시작하여 서유럽 전역을 황폐화시켰다. 17세기에는 그 여파가 신대륙인 아메리카에까지 불어닥쳐 수만, 수십만의 마녀가 교살 당했다고 한다. 그런 마녀사냥이 지금 우리 사회의 저변에 널려 있다. 그것도 인터넷이라는 사이버 공간을 통해 익명성을 미끼로 자행되는 '상대방 죽이기'가 무차별적으로 자행되고 있다. 양심의 추락이요, 윤리도덕의 추락이 아닌가.

마네의 〈올랭피아〉가 처음 공개되었을 때 사람들은 분노했다. 아니 그 분노가 극에 달해 작품이 공격당할 것에 대비하여 두 명의 경찰이 이 그림을 지켜야 할 정도였다. 명망 있는 가문에서 태어난 작가의 작품임에도 불구하고 당시의 관습을 깨버린 이 작품이 한 살롱에서 발표되었을 때, 관람객들은 이해할 수 없다는 반응을 넘어 차라리 분노를 표시했다.

그가 〈풀밭 위의 점심〉이라는 그림으로 한바탕 소동을 일으킨 뒤여서 더욱 그랬다. 나체의 젊은 여인이 정장을 하고 있는 신사들과 점심을 먹는 장면이었다. 그림을 보고 어떤 이는 수치심에 소리를 질렀고, 어떤 이는 열광하기도 했다.

아무튼 〈올랭피아〉는 전시회가 끝나자, 계단 옆의 원래 자리에서 떼어내 맨 끝 방 문 위에 걸렸다. 그런데 그 위치가 얼마나 높았던지 쥘 클라레티 같은 이는 "그 어떤 졸작이라 해도 그런 위치에 전시된 적은 없었다."고 평하기까지 했다. 또 어떤 평론가는 "사람들은 시체를 구경하는 마음으로 여전히 마네의 썩어빠진 〈올랭피아〉와 역겨운 예수 그림을 보기 위해" 몰려들었다고 했다. 그는 예술에 대한 모더니스트적인 접근을 최초로 시도한 선구자였다. 철저한 자연주의 신봉자였던 졸라가 매춘부의 삶을 묘사한 〈나나〉라는 작품으로 한때 세상을 떠들썩하게 한 것과 다를 바 없었다.

그렇다면 마네의 작품이 분노나 역겨움 같은 강렬한 감정적인 반응을 불러일으킨 까닭은 도대체 어디에 있었을까. 오늘날까지도 〈올랭피아〉는 사람들을 혼란시켜 평정심을 잃게 하는 마력을 지니고 있다. 마녀사냥과도 같은 비평가들의 매서운 독설이 있었음에도.

그렇다. 겉으로 들어난 표피적 사실만을 확대재생산하여 여론몰이식 작위적 의도를 지닌 익명의 비도덕성이 오늘날 정보화 사회의 이면을 보여주지 않는가 싶다. 그래 언제부턴가 우리 사회에 마녀사냥이란 말이 상용화되고 있다.

무심코 연못에 던진 돌이 개구리를 죽일 수 있지 아니한가. 죽음을 선택할 수밖에 없었던 여학생이나 트위스트 김의 눈물의 절규나 개똥녀라는 참혹한 수모를 당해야 했던 여성이나 올랭피아를 그린 마네, 이들이 연못의 개구리가 되는 사회는 결코 아름다운 사회라 치부할 수 없지 아니한가.

숫자를 바라본다. 2005라. 2의 숫자 뒤에 '없음'을 표시하는 0이 둘씩이나 나란히 붙어 있고, 그 뒤로 5의 숫자가 이젠 나 보란 듯 매달려 있다.

처음에는 아주 생경하던 숫자였다. 아니, 2의 숫자 뒤에 0만이 세 개나 매달려 새로운 숫자를 목마르게 기다리던 시절. 그러나 그보다 한 발 앞서 1의 뒤에 9가 세 개나 매달려 있던 시절이 있었지. 온전한 결실을 맺듯 충만했던 시절. 그럼에도 우린 다음에 올 숫자에 연연했다. 한 세기가 물러나는 의미보다는 새로운 시기를 맞이하는 마음에 모두가 들떠 있었지. 1보다 2가 주는 한 몫 때문이었을까.

그 때 온 세상은 밀레니엄 버그라는 생소한 키워드를 이용하여 들끓었다. 마치 엄청나게 새로운 세대가 다가오듯 첨탑을 세우고 환호작약했다. 그들은 외로웠다. 그들은 무언가에 굶주려 있었다. 지난 것들은 모두가 시시하고 식상하여 식탐과도 같이 새 것에 목을 매고 까치발이 되어 고개를 빼고 새 날을 고대했다. 해가 오르는 길목에서 그들은 오래 기다리고 드디어 환호하기 시작했다.

이제 그들의 소망대로 새날이 밝아왔다. 그리고 2의 뒤에 0을 세 개나 주렁주렁 달고 무언가 다른 세상이 왔다고 여겼다. 그러나 그

날은 전날과 하등 다른 날이 아니었다. 그저 그뿐, 어제가 오늘이고 오늘이 바로 내일일 뿐이었다. 그렇게 시간은 흘러갔다. 그런데 왜 그리도 시간은 바삐 흘러가고 있었을까. 이 궁리 저 궁리 하는 새에 한해가 가고 마침내 끝자리에 매달린 0을 지우고는 1로 바꾸어 달았다. 그래도 세상은 매양 그 타령이었다. 경제환란의 고통도 그러하거니와 정치판의 세 싸움도 매양 목줄 당기기였다. 낡은 지폐를 헤아리는 가난한 아내는 직장에서 물러난 지 며칠 후 새 직장으로 출근한다. 또다시 어제와 다름없는 오늘이 반복된다. 2.3.4.5. 그래 끝자리가 변할 때마다 혹여 무슨 횡재라도 할 듯싶었지만 세월은 매양 그 타령이었다.

다시 2005를 본다. 네 자리 숫자다. 뒤 두 숫자인 05를 분모로 하고 앞의 두 숫자인 20을 분자로 하여 나누면 '4'란 숫자가 나타난다. 네 자리 숫자와 나누어진 몫인 '4'의 대칭이 묘한 이미지를 준다. '4'라, 이건 동양적인 숫자 개념으론 불길한 숫자가 아닌가.

그렇지. 460110. 내 주민등록표에는 사뭇 생경한 숫자가 매달려 있다. 나는 이 숫자를 볼 때마다 그 낯선 얼굴에서 묘한 역반응을 일으키곤 한다. 나와는 전혀 이질적인 이 숫자가 무엇 때문에 목에 걸린 가시처럼 느껴지는가?

한때는 그 숫자가 내게 덤으로 얻은 횡재처럼 느껴지던 때도 있었다. 그저 앞에 붙은 숫자 둘로 인해 1년이나 정년을 연장 받겠거니 했었다. 그런데 그건 오산이었다. 하반기 45와 상반기 46의 동일성. 그건 이질적인 숫자상의 노름이었을 뿐, 결국은 같은 날 퇴임이 아닌가. 뒤늦게 그 사실을 인지했을 때 나는 뭔가 상당히 밑지는 장사를 하고 있는 듯한 의식 속으로 침몰하고 있었다.

그건 그렇고 다시 숫자 460110을 본다. 낯선 숫자가 불투명한 조합을 이루고 있다. 그래, 나는 바로 된 숫자 45820을 본다. 앞서의 낯섦이 절반은 감쇄한 듯하다. 다시금 45820을 본다. 세 번째 숫자를 빼고 보니 곱하기 셈으로 45＝20이다. 한가운데 숫자인 8만을 삭제하고 보면, 간단명료하여 기억하기에 편리하다. 45라. 그래 해방둥이다. 일제의 폭압으로부터 해방된 해. 그 해에 중추절을 보내고 닷새 만에 나는 세상 빛을 보았다.

2005를 다시금 본다. 내 코드번호인 45820과 견주어 보니, 아 그렇다. 바로 갑년이다.

내 언제 그토록 오랜 세월을 보냈던가. 갑년이라니. 예로 말하면 환갑잔지를 치러야 하는 나이가 아니던가. 이 기막힌 발견이 나를 쓸쓸하게 한다. 그래, 나는 그 숫자를 화들짝 덮어버린다. 모른 척 하자. 아니, 잊어버리자고. 그런 미친 소린 아예 입에 발리지 말라 한다. 나는 아직 젊었거니, 나는 아직 할 일이 태산 같다고. 하나 어찌 그 숫자를 지우랴. 숫자야 얼마든 마음에서 지울 수 있거니와, 마음이 먼저 대문 앞에 와 기다리고 있지 아니한가.

그래, 나는 빗자루를 들고 문밖을 나선다. 마음안에 티끌과 집 안팎을 이참에 깨끗이 청소하려고. 복병과도 같이 다가설지도 모를 그림자를 쫓기라도 하듯, 나는 집 안팎을 깨끗이 쓸고 닦는다. 460110을 지우기라고 하듯.

제2막

퓨전시대의 개막

오늘의 문학은 '절망 속에서의 꿈꾸기'여야 한다는 것이다.
그렇다. 우리는 지금 짙은 안개 속에 서 있다. 불안이 유령처럼 나타났다
사라졌다 하며 어슬렁거린다. 그렇다고 두려워할 것만은 아니다.
희망이란 이름은 과거가 아니라 언제나 미래에 따라다니기 때문이다.
그래, 우리가 아무리 고통스럽고 절망적인 계단에 서 있다 할지라도
내일에 대한 낭만적 영혼과 꿈을 잃지 않는 한 희망은 있게 마련이다.

보여지는 여자-뒤집어 보기

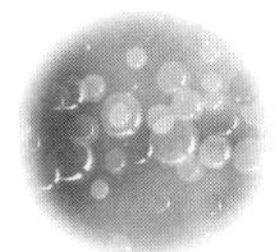

1. 노인과 여인

명화를 감상한다. 눈이 부시다. 황홀한 여체가 눈에 가득 들어온다. 남이 볼 것 같아 얼굴이 화끈거린다. 하나 이는 분명 예술작품의 감상이다. 예술작품을 보는 나의 심미안이 과연 어디까지인지는 모르겠지만.

푸에르토리코의 국립미술관에는 푸른 수의를 입은 노인이 젊은 여자의 젖을 빠는 〈노인과 여인〉이라는 그림 한 점이 걸려 있다. 방문객들은 노인과 젊은 여자의 부자유스러운 애정 행각을 그린 이 작품에 불쾌한 감정을 표출한다. "이런 싸구려 그림이 어떻게 국립미술관의 벽면을 장식할 수 있단 말인가. 그것도 미술관의 입구에…." 딸 같은 여자와 놀아나는 노인의 부도덕을 통렬히 꾸짖는다. 의아한 생각을 떨쳐버릴 수가 없다.

푸른 수의를 입은 주책없는 노인과 이성을 잃은 젊은 여성은 가장 부도덕한 인간의 한 유형으로 비쳐진다. 도대체 작가는 어떤 의도로 이런 불륜의 현장을 형상화하고 있는 것일까? 과연 이 그림은 3

류 포르노에 불과한가.

푸른 수의를 입은 노인은 젊은 여인의 아버지요, 커다란 젖가슴을 고스란히 드러내 놓고 있는 여인은 노인의 딸이다. 노인은 푸에르토리코의 자유와 독립을 위해 싸운 투사였다. 독재정권은 노인을 체포해 감옥에 넣고 가장 잔인한 형벌을 내렸다. '음식물 투입 금지'였다. 노인은 감옥에서 서서히 굶어 죽어갔다. 노인이 죽기 직전이었다. 딸은 해산한 지 며칠 되지 않은 무거운 몸으로 감옥을 찾았다. 아버지의 임종을 보기 위해서였다.

뼈만 앙상하게 남은 아버지를 바라보는 딸의 눈에 핏발이 섰다. 마지막 숨을 헐떡이는 아버지 앞에서 무엇이 부끄러우랴. 여인은 아버지를 위해 자신의 가슴을 풀었다. 그리고 불은 젖을 아버지의 입에 물렸다. 〈노인과 여인〉은 부녀간의 사랑과 헌신과 애국심이 담긴 숭고한 작품이다. 그래서 푸에르토리코인들은 이 그림을 민족혼이 담긴 '최고의 예술품'으로 자랑하고 있다.

동일한 그림을 놓고 사람들은 '포르노'라고 비하하기도 하고, '성화'라고 격찬하기도 한다. 〈노인과 여인〉에 담긴 이런 비극적인 이야기를 모르는 사람들은 그림을 감상하며 비난을 서슴지 않을 것이다. 그러나 그림 속에 담긴 본질을 알고 나면 이내 눈물을 글썽이며 명화를 감상한다.

우리는 가끔 본질을 파악하지도 않고 비난의 화살을 쏘아대는 우를 범한다. 그래서 사물의 본질을 알면 분명 그 시각이 달라진다. 그렇다. 교만과 아집, 그리고 편견을 버려야만 세상이 제대로 보이게 마련이다. 그래 보여지는 대로 보아야 하는가? 하는 의문이 인다.

2. 올랭피아

프랑스 파리의 오르세미술관에는 1863년 같은 해에 발표한 누드화가 나란히 전시되어 있다. 하나는 핑크빛 살결에 나긋나긋한 포즈를 취하고 있는 알렉상드르 카바넬(Alexander Cabanel, 캔버스에 유화)의 〈비너스의 탄생〉이요, 다른 하나는 땅딸막한 몸매에 성질이 꽤나 사나워 보이는 에두아르 마네(Edouart Manet, 캔버스에 유화)의 〈올랭피아(Olympia)〉다.

한 여인은 그 해의 누드로 꼽혀 황제 나폴레옹 3세에 의해 궁정생활의 온갖 영예를 누리는 반면, 또 한 여인은 온갖 욕설과 비난 속에 평생 화가의 집에 처박혀 있어야 했다.

〈비너스의 탄생〉은 아름다운 나신의 극치다. 여인의 누운 몸은 완만하다. 휘어진 허리의 선, 배는 납작하고 엉덩이는 우리를 향해 잘 보이도록 배치되어 있다. 바싹 오그린 넓적다리가 아주 탄력 있어 보인다. 나른하게 들어올린 팔은 풍만한 가슴을 더욱 돋보이게 하여 에로틱하기 그지없다. 얼굴의 표정은 불분명하지만 길게 늘어뜨린 금발의 풍성한 머릿결이 결코 심상치 않다. 눈 위로 살짝 들어올린 오른팔과 양탄자 사이로 늘어뜨린 왼팔은 여인의 나신을 더욱 돋보이게 한다. 나신은 지금 포동포동한 큐피드들이 연주하는 멜로디에 도취되었는가. 손이 닿으면 말랑말랑할 듯 싶은 살결의 다섯 큐피드가 날고 있다. 비너스를 찬양하는가. 보는 이의 눈을 황홀하게 한다. 그림을 보는 이들이 모두 입을 다물지 못한다. 여인은 지금 완전 무방비 상태로 우리에게 '보여지고' 있다. 만일 비너스라는 허명(虛名)만 벗는다면 아마도 그녀는 나른한 목소리로 이렇게 속삭일 듯싶다.

"나는 당신의 여자예요."

그 옆에 올랭피아가 우리를 쳐다보고 있다.

침대 위에 벌거벗은 여인이 우리를 바라본다. 그녀의 머리에는 붉은 색의 꽃장식이 꽂혀 있고, 두툼한 목엔 가느다란 검정색 리본에 타원형 장식이 매달려 있다. 오른편 팔목에 찬 금팔찌에는 동그란 장식이 달려 있다. 여자는 손끝으로 큰 꽃무늬를 수놓은 숄을 잡고 있다. 발에는 닳아빠진 노란색 슬리퍼 한 짝이 걸려 있다. 다른 한 짝은 침대 위에 떨어져 있다. 얼굴이 지나치게 크다 싶고 다리는 전체 구도로 보아 좀 짧다 싶다. 배의 굴곡은 불룩한데다 엉덩이는 아예 보여주지 않는다. 게다가 창백한 젖꼭지에 가냘픈 어깨선이 파리해 보이기까지 하다. 그러나 그녀의 꼭 다문 창백한 입술과 각지고 뾰족한 턱이 그녀로 하여금 차가운 이미지를 엿보게 한다. 그녀가 지금 우리를 노려보고 있다. 아주 뻔뻔한 표정이다. 리얼리즘을 표방한 마네의 모델이다. 마치 그녀는 자신의 나신을 보이며 "그래, 볼테면 봐라."라고 말하는 듯하다. 몰래 그녀의 나신을 훔쳐보던 이들이 놀란 표정을 짓는다.

명화(名畵) 속 여인은 보여지는 것인가? 아니면, 보여주는 것인가?

3. 비너스의 탄생

카바넬의 〈비너스의 탄생〉은 마네의 〈풀밭 위의 점심〉이 살롱에서 낙선된 그 해 당당하게 살롱에 전시된 작품이다. 레옹 3세의 눈에 들어 그가 직접 구입한 이 그림은 누드화가 활발하게 등장하고 거부감 없이 전시되던 프랑스의 당시 분위기를 단적으로 보여준다. 그런데 올랭피아에 비하면 훨씬 퇴폐적이라고 해야 할 이 누드가 무엇 때문에 예상을 뒤엎었을까? 그림 속 여인은 보여주고 있는가? 아니면 보여지는가?

마네는 이미 〈풀밭 위의 점심〉을 통해 충분히 소동을 일으켰으면서도 다시금 누드화에 손을 대었다. 〈올랭피아〉가 처음 공개되었을 때 사람들의 분노는 대단했다고 한다. 두 명의 경찰이 그림을 지켜야 했고, 전시회가 끝나자 원래 자리에서 떼어 맨 끝 방의 문 위에 걸어두었다고 한다. 무뚝뚝하고 거세 보이는 그녀를 두고 왜 그토록 격분했을까? 지나가는 사람마다 돌을 집어서 올랭피아의 얼굴에 던졌고, 마네는 이후 에스파냐로 줄행랑을 쳤을 정도였다고 한다. 〈올랭피아〉의 충격은 파리를 뒤흔들었다. 모델은 매춘녀였다. 그림 속의 여인은 걸어오는 남자를 빤히 쳐다보고 있다. 위선에 가득 찬 당대 남성들을 향한 도전이었다. 그러니 부르주아적 남성들로서는 심기가 자못 불편할 밖에 없었다. 여자가 너무 뻔뻔해서 저질이라는 비난이었다.

정숙한 비너스는 아랫도리를 손으로 가린다. 하지만 올랭피아는 도발적 방법으로 드러내고 있다. 커튼 뒤에는 또 하나의 공간이 있다. 흑인 시녀가 꽃다발을 내밀고 있다. 아마도 그녀를 바라보고 있는 이가 보낸 것이리라. 남성들의 시선을 다소곳이 받아내는 카바넬의 여인과 달리, 마네의 여인은 이렇게 관객을 도발적으로 쏘아봄으로써 관계적 상황을 뒤집고 있다.

명화를 본다. 그림 속 여인의 나신에 눈이 부시다.

명화 속의 나신은 퇴폐적인가? 포르노와 성화(聖畵)의 차이는 얼마 만큼인가.

보여지는 여자와 보여주는 여자의 차이는 어디에 있는가?

올랭피아가 나를 쏘아보고 있는 듯하다. 그가 내게 답변을 유도하고 있는 성싶다.

화산은 살아 있다

한마디로 환호의 도가니다. 인간이 창조한 최고의 걸작품이 탄생하고 있는 순간. 글자 그대로 그것은 열광의 무대였다.

폭발 직전 인간 내면의 일부가 견딜 수 없는 지경에서 용암이 분출하듯 터져 나오는 마그마. 육천 관객이 일제히 기립박수 갈채를 보낸다. 그것도 모자라는 듯 어떤 이는 감격의 눈물을 흘리고, 어떤 이는 환호의 몸부림이다. 또 어떤 이는 발을 구르며 창조의 환희를 부르짖는다. 그칠 줄 모르고 터져 나오는 박수. 금세기 최고의 테너 가수에게 보내는 존경과 흠모의 갈채다.

박수가 그치기를 기다렸다는 듯이 만면에 미소를 띤 파바로티는 천천히 명(名)지휘자 쥬빈 메타의 손을 잡고 눈인사를 보낸다. 그리고는 옆에 서 있는 호세·카레라스와 플라시도 도밍고의 어깨를 잡고 만족한 미소를 지으며 환호하는 객석의 신사 숙녀들을 향해 답례를 한다. 다시 이어지는 박수 갈채. 음악가와 관객이 혼연일체다.

이런 분위기에 젖어 본 사람은 알 것이다. 예술가와 관객이 하나 되어 창조의 세계에 흠뻑 젖어 열락(悅樂)에 젖는 카타르시스. 무대 배우만이 아니다. 그들이 연출해 낸 아름다운 선율에 매혹되어 무아의 경지에 빠졌던 청중들. 그 미적 순간을 기억이라도 해내려는 듯, 천부의 재능을 지닌 탁월한 예술인에게 보내는 경의와 찬탄은 가슴 벅차 오르듯 아름답다. 예술적 감수성이 없어도 좋다. 그 분위기에만 젖어도 충분하다.

이제 선율의 밤은 아리아와 칸초네에 이어 절정을 이룬다. 그리고는 메들리를 끝으로 앵콜송으로 접어든다.

나는 그 순간, 연전에 63빌딩 아이맥스 영화관에서 보았던 '화산은 살아 있다'를 떠올리고 있었다. 그것은 살아 숨쉬는 산이었다. 각혈하듯 붉은 마그마를 흘러내리게 하는 용암의 분출. 안으로 안으로만 응축하던 열정이 어느 날 갑자기 더 이상 버티지 못하고 폭발하여 쏟아지던 날. 그것은 살아 움직이는 생명체였다. 그렇다. 불새, 불새였다.

그래, 파바로티의 목소리는 마그마를 부르는 생명의 울림과도 흡사했다. 누리 만년을 안으로 삭이며 꿈틀거리던 산의 울림이 화산이라면, 차라리 파바로티의 목소리는 수억 년을 다듬은 다음 못내 분출해 내는 살아 있는 화산 그 자체였다. 인간이 창조해 낼 수 있는 최고의 경지라면 어떠할까.

어느 문우 때문이었다. 때때로 그가 보내준 자그마한 선물들이 나의 잠든 음악에 대한 의식을 깨우곤 했다. 그런 어느 날, 그가 보내준 한 장의 CD와 비디오테이프는 더욱 음악에 대한 관심을 갖게 하기에 충분했다. 카레라스, 도밍고, 파바로티 세 테너 가수의 콘서트 비디오가 그것이다. 팔십육 분의 환희. 다시없는 열광의 시간이다. 국내의 유명한 테너 가수들의 열창을 감상하던 것과는 전혀 다른 느낌이었다.

1990년 7월 7일로 기록되어 있다. 로마 월드컵의 화려한 막이 내리던 다음날. 그날 고대 로마시대의 장엄한 건축물인 카라칼라 온천지의 밤은 유난히 밝았다. 노천 음악당엔 무려 육천을 헤아리는 관객이 운집해 있었다. 이백여 명의 오케스트라 단원이 지휘자 쥬빈·메타와 함께 금세기 최고의 테너 가수들을 차례로 불러들인다. 드디어 명곡의 향연이 시작된다. 이렇게 인간이 창조한 최고의 걸작품이 탄생되던 날. 그날 로마의 밤하늘은 환히 밝혀져 있었다.

카레라스의 〈무정한 마음〉이나 〈그라나다〉도 좋고, 도망고의 〈오! 낙원이여〉나 〈별은 빛나건만〉도 좋았다. 그러나 그 중에서도 유독 나를 매혹시킨 것은 안면에 수염을 그린 파바로티의 그 중후한 목소리였다. 그가 부른 〈오묘한 조화〉나 〈돌아오라 소렌토로〉며, 〈공주는 잠 못 이루고〉는 음악적 세계에 있어 나 같은 청맹과니조차 흠씬 선율에 매혹 당하게 하는 예술적 감동이었다.

선율만이 아니었다. 파바로티는 시종일관 왼손에 흰 손수건을 들고 있었다. 사이사이 땀을 닦거나 아니면 아주 겸손하고 정중한 자세로 지휘자나 동료의 이마의 땀을 닦아주곤 했다. 조급하거나 경망스럽지 아니하고 중후한 외모에 신중한 태도. 만면에 엷은 미소를 머금은 그의 모습은 어디에서고 애써 꾸민 듯한 곳을 찾을 길이 없었다. 본디 그대로의 자연스러움. 나는 그 의태가 좋았다. 시련과 역경을 견뎌 낸 원숙미의 진수를 보는 듯 그가 일궈내는 예술의 세계에 차츰 함몰되어 갔다.

기립박수를 보내는 관객들에게 답례하는 파바로티. 그러나 그날의 영광만큼이나 그의 어제는 화려하지만은 않았으리라. 지고(至高)에 자리까지 오기에는 나름의 고통이 따랐음은 물론이다. 그렇기에 영광과 기쁨은 더욱 값진 것인지도 모른다.

클린맥글로우는 《가시나무 새》를 창조해 내었다. 가시나무새. 그
렇다. 고통을 수반하지 않고서는 진정한 영광이 주어지지 않는 법
이다. 죽음 직전에 찾아간 가시나무에 스스로 제 몸을 찔리는 고통
이 없고서는 나이팅게일 같은 아름다운 소리를 낼 수 없음에랴.

일상의 일들이 나로 하여금 피곤함을 불러 올때마다 나는 음악을
듣는다. 그 일은 적어도 얼마만큼 내 마음을 평정시켜 준다. 그때
파바로티는 내 좋은 친구가 된다.

파바로티의 예술 세계를 닮고 싶다. 그의 예술 세계에 못지않은
뭇사람의 입에 회자될 만한 한 구절의 글이라도 지어 낼 수만 있다
면 나는 그것으로도 이 세상에 태어난 것을 만족해 할 것이다. 그때
나 또한 살아 있는 화산이 될 것이다.

뜨겁지도, 차갑지도 않은

• 예술가의 삶에서 사랑은 어떤 힘을 주는가? 평생토록 끊임없이 사랑에 빠졌던 이사도라 덩컨은 생전에 종종 자신이 예술보다 사랑을 더 우위에 두지 않느냐는 질문을 받곤 했다. 그럴 때마다 그녀는 사랑과 예술은 분리시킬 수 없는 것이라고 대답했다. 왜냐하면 "예술가는 오직 사랑하는 사람일 뿐이며, 그만이 아름다움에 대한 순수한 비전을 갖고 있기 때문에 그리고 사랑이란 그것이 불멸의 아름다움을 응시할 수 있을 땐 바로 영혼의 비전이기 때문에."라고. 그래선가. 환상적인 광(狂)적 천재의 전형으로서 음악사상 가장 광적인 로맨스의 한 장(章)을 장식했던 베를리오즈도 생애의 끝에 이르러 자신의 지나간 사랑을 회고하면서 예술과 사랑을 분리시킬 수 없다는 말을 했으리라.

사랑이 예술가에게 영감의 원천임은 의심의 여지가 없다. 만일 단테에게 베아트리체가 없었다면 과연 위대한 《신곡》이 태어날 수 있었을까? 알바 공작 부인이 없었다면, 고야의 유명한 〈나체의 마야〉를 우리는 미술의 유산으로 갖지 못했을 것이다. 니체의 경이로운 《차라투스트라》 뒤에는 루살로메가, 보들레르의 전율할 《악의꽃》

이면에는 잔느 뒤발이 있었다. 여기서 그 여성들이 진실로 위대한 예술가들의 사랑을 받을 자격이 있었는지의 여부는 중요한 문제가 아니다. 위대한 예술가들의 연인은 그 자신의 가치와 상관없이 단지 그들의 정열의 대상이 되었다는 사실만으로도 그들의 삶에서 커다란 비중을 차지하고 동시에 역사에 속했으리라.

• 벌거벗은 여자가 누워 있다. 목욕을 막 끝낸 뒤 편안히 쉬고 있는 고대 로마의 여인이다. 로렌스 앨마 태디마가 그린 〈테피다리움에서〉이다. 테피다리움은 고대 로마 시대의 온욕실(溫浴室)을 뜻한다. 관능적인 색체가 짙은 이 그림은 단지 여자가 벌거벗었다는 이유만으로 관능적인 것은 아니다.

그녀의 눈은 감겨 있다. 입술은 반쯤 열려 있다. 오른손에는 몸긁개가, 왼손에는 타조 깃털로 만든 부채가 들려 있다. 그녀가 깔고 누운 것은 곰의 가죽이다. 딱딱한 대리석과 골동 화분이 나머지 공간을 채우고 있다. 이 모든 것이 어울려 그녀를 관능의 결정체로 만들고 있다.

눈을 감고 입을 반쯤 벌렸다는 것은 그녀가 지금 의식의 경계를 넘어 일종의 무아경에 몰입해 있음을 암시한다. 몸긁개는 고대인들이 때를 벗기는 데 쓰던 도구이다. 땀을 내거나 올리브 기름을 묻힌 뒤 이로 몸의 때를 밀었는데, 그녀가 하릴없이 움켜쥐고 있는 그 물건은 생김새가 왠지 남성의 성을 상징하는 듯하다. 그리고 그녀의 앞부분을 가리고 있는 타조 깃털은 여성의 성을 강조하는 듯 보인다. 거기에 꽃과 곰의 가죽이 빚어내는 대립과 조화는 그 자체로 '미녀와 야수' 식의 성적 연관성을 자아낸다.

세계명화집에 있는 벽화를 본다. 그림 속의 온욕실은 열탕과 냉탕실 사이에 있었다고 한다. 화가는 이 욕실을 그리기 위해 로마의 카라칼라 욕장과 폼페이의 고대 목욕탕을 직접 답사하고 고고학자처럼 배경이나 소품을 하나하나 고증을 거쳤다고 한다. 이 그림에는 세계를 제패한 대영제국의 자부심과 부유함이 담겨 있다. 태디마에게 있어 영국의 영광은 로마의 영광과 본질적으로 한 핏줄임을 보았을 것이다. 그렇기에 그는 타락으로 멸망한 로마의 관능미마저도 자기 시대의 관능으로 동경했을 것이다. 당대 바람둥이 왕자로 알려진 왕자 에드워드 7세의 부탁을 받고 그에게 포로노그라피를 그려줬다는 설도 있거니와 윈저 성의 커튼 뒤에 숨겨진 그 벽화는 대단한 에로티시즘을 보인다.

• 두 여인이 벌거벗은 몸으로 침대에 서로 뒤엉켜 누워 있다. 지금 막 잠이 든 두 사람은 사랑의 향기에 취해 있는 듯한 표정이다. 벌거벗은 모습이나 자세, 표정으로 볼 때 두 사람은 레즈비언 커플임에 틀림이 없다. 앞에는 동양풍의 칠기 탁자가 보이고, 뒤로는 값나가 보이는 콘솔과 화병이 보인다. 두 여인은 아마도 물질적으로 꽤나 풍족한 환경에 있는 듯 여겨진다. 부와 안락함을 동시에 지니고 동성애의 육체적 탐닉에 빠져 만족한 표정으로 잠을 자는 두 여인의 모습이 노골적 성애를 보인다. 19세기 사실주의자 귀스타브 쿠르베(Gustave Courbet)의 그림 〈잠〉이다.

화가들의 작품에서 여인의 나신은 주요 소재다. 그런데 이 작품은 여느 작품과 달리 아주 대담하다. 더구나 동성애를 즐기는 여인들을 소재로 했다는 점에서 보면 대단한 파격이다. 당시의 정서로 보면 이 그림은 일반인에게 보이기 위한 것이 아니다. 쿠르베에게 이 그림을 주문한 사람은 파리 주재 오스만 투르크 제국의 대사였던 칼리 베이였다 한다. 그는 이름난 미식가였고 미술 작품 수집에도 대단한 욕심을 갖고 있었다. 그 가운데 에로틱한 그림들을 더욱 좋아했다고 한다. 그의 기호에 맞게 이 그림은 레즈비언의 사랑을 주제로 하고 있다. 그림에서 엿보이는 화려한 소품과 여인들의 잠자는 모습은 그들을 통제 가능한 소유물로 보려는 의지가 반영된 듯하다. 물질과 권력 모두를 소유한 남성의 욕망일 것이 분명하다.

이 그림을 그리기 위해서는 성적 매력이 뛰어난 모델이 필요했을 것이다. 쿠르베에게는 조안나(Joanna)라는 아리땁고도 관능적인 모델이 있었다. 그녀를 모델로 하여 〈백색 교향악 1번-흰옷을 입은 소녀〉라는 그림을 그린 휘슬러의 정부였다. 휘슬러가 "그녀는 최고의 창녀 같은 분위기"였다고 했듯, 도발적 '에로티카'를 위해 자신의 벌거벗은 몸을 스스럼없이 보여주었으리라. 쿠르베의 〈아름다운 아일랜드 여인 조〉(1865, 캔버스에 유채)에서도 조안나는 거울을 바라보는 여인의 은근한 에로티시즘을 마음껏 발산하고 있다. 조안나는 머리카락을 늘어뜨려 편안히 어루만지고 있다. 여인은 주위의 경계를 풀고 자신을 열어 놓는다. 그 사적이고 친밀한 시공간으로 쿠르베는 빠져들고 싶었는지도 모른다. 그래선지 그는 이 그림만은 죽을 때까지 절대로 팔지 않았다고 한다.

어찌되었든 쿠르베는 많은 여인들과 사랑을 나눴고, 무수한 만남과 헤어짐의 관계를 가졌다. 그의 사랑은 늘 제도와 관습의 울타리를 넘어 정처 없는 보헤미안의 물결로 이리저리 흘러 다닌 것으로 전해진다.

• 문학에 있어서 철저한 자연주의 신봉자였던 졸라가 몇 년 후 매춘부의 삶을 적나라하게 묘사한 《나나》를 발표하여 세상을 떠들썩하게 하였다. 화가의 경우에는 필수적으로 모델이 필요했기 때문에 매춘부를 이용한 경우가 적지 않다.

마네의 〈나나〉(1877년, 유화) 역시 같은 제목의 작품으로 여론을 들끓게 했다. 당시 프랑스 예술에서의 여성의 누드는 하나의 주제로 자리잡고 있었지만 대부분 이상화되고 수동적인 모습으로 그려져 있었다. 그러나 마네나 쿠르베, 졸라 같은 리얼리즘 화가나 작가들은 이런 사회적 예술적 상황에 도전하였다. 마네의 〈풀밭 위의 점심〉은 나체의 젊은 여인이 정장을 입은 신사들과 함께 풀밭에 앉아 점심을 먹는 장면을 그려 놓았다. 살롱의 분위기를 비웃기라도 하듯 이 그림은 엄청난 비판의 도마 위에 올려졌으나 마네는 2년 후(1863년) 캔버스에 유화로 〈올랭피아〉를 올려 쾌락적이고 육감적인 분위기가 지배적이었던 특권 남성사회의 에로틱한 욕구를 충족시키고자 하였다. 이에 대한 혹평은 대단하였다. "피부색이 지저분한 것이, 실제의 모델을 두고 그린 것으로 보이지 않는다."고 고티에는 혹평했고, "이 여인은 일종의 암놈 고릴라라고 할 수 있다. 인도 출신의 야생동물이 침대에서 완전히 옷을 벗은 채로 티치아노의 〈우르비노의 비너스〉에 나오는 자세를 흉내내고 있다."라고 하기까지 했다.

심지어 어떤 이는 "작가는 침대에 누워 있는 젊은 아가씨를 보여준다 몸에 걸친 것이라고는 머리에 꽂은 리본밖에 없는 이 여자는 자신의 손을 나뭇잎 대용으로 사용하고 있다. 그녀의 표정에서는 조로(早老)에서 오는 피곤함과 사악함만 보일 뿐이며, 부패한 듯한 그 몸은 끔찍한 시체를 생각나게 한다."고도 했다.

그렇다면 마네의 작품이 분노나 역겨움 같은 강렬한 감정적 반응을 불러일으킨 까닭은 도대체 무엇일까? 그녀는 매춘부였다. 심지어 그녀의 몸이 풍만하지 않았다는 것도 당시의 취향이었다. "사람들에게는 그들을 매력적으로 보이게 하는 모종의 방탕함이 있다."라고 했던 보들레르의 말은 그런 취향을 잘 반영한다. 그녀는 비록 매춘부였지만 사회적 지위는 모호해진다. 장신구만 봐서는 상당한 재력을 가진 여인이었을 것이다. 〈올랭피아〉가 그려졌던 시기의 매춘부는 일반인들의 주요 관심사였다. "매춘부는 어느 시대, 어느 곳에나 있어 왔다. … 하지만 최근 몇 년 사이에 그들이 불러일으킨 소란스러운 사태는 전례가 없던 것이다. 매춘부가 소설에 등장하고 연극무대에 서더니, 마침내 볼로뉴 숲이나 경마장, 극장을 점령해 버렸다. 이 모든 장소에 사람들이 몰려들고 있다."라는 빅토르의 말은 이를 반증한다.

마네의 〈젊은 매춘부〉에서 보여주듯, 9세기 후반 파리 사람들의 주된 관심사는 매춘부였다. 소설 위스망스의 《마르트》(1876), 공쿠르의 《매춘부 엘리자》(1877), 에밀 졸라의 《나나》, 모파상의 《비곗덩어리》(1880)가 매춘부를 그렸고, 연극에서는 뒤마의 《《춘희》》가 빅토르 위고의 《마리옹 드 로름》 등이 한가지였다. 이렇듯 소설이나 연극, 회화, 사진 등 다양한 예술분야에서 매춘부를 그린 것은 당대의 사회적 분위기를 반영한 것이었다.

사회학자들은 19세기 초반 도시의 재건이 이루어지면서 시골 사람들이 대거 도시로 유입하자 혼자 지내는 남자들이 많아져서 그런 현상이 일어났다고 하지만, 당시 관료 계층에 속한 남성들도 사창가를 자주 드나들었다고 한다. 그런 사회적 분위기에서 성적 경계마저 모호해졌고, 돈과 섹스만 있을 뿐 그 외의 것은 신경 쓰지 않는 매춘의 세계에서 보면 이는 어쩌면 당연한 현상이었다. 따라서 이런 분위기를 적나라하게 보여준 〈올랭피아〉가 사람들의 분노와 열광을 동시에 불러일으킨 것은 그리 놀라운 일이 아닐 것이다. 성녀와 창녀 즉 비너스와 오달리스크라는 이분법은 논란의 대상이 되었고, 매춘부에게 현대적인 옷을 입혀 도덕적 표정을 짓게 했을 것이다.

뜨겁지도 그렇다고 차갑지도 않은 명화 한 편이 한여름 달궈진 아스팔트의 지열처럼 뜨겁기만 하다.

바이올린 협주곡을 들으며

브람스의 바이올린 협주곡을 듣는다. 작품 77. 숨을 멈춘 듯 가늘게 떨던 선율이 잔잔한 호수를 연상시키는가 하면, 이내 떨림은 고조되어 애타는 마음을 절규라도 하듯 서서히 높아간다. 그러다간 이내 하강 곡선을 그린다. 베를린 필하모니 오케스트라가 연주하고 헤르베르트 폰 카라얀이 지휘하는 협주곡이다. 서서히 나는 선율 속으로 침몰해 간다. 흐느적거리던 심신도 하나둘 일어나 생기를 찾고 움직이기 시작한다. 모든 생각들을 접어두고 오직 선율에 몸을 맡긴 채 침잠되어 가는 자아. 음지에 시든 풀이 삼일우(三日雨)를 만났는가.

음악에 그다지 관심이 없었던 터였다. 그러던 내가 듣는 일에 심취하기 시작했다. 그렇다고 음악에 조예가 있어서가 아니요, 좋고 나쁨을 감상할 만치 안목이 있는 것도 아니다. 그저 듣기에 좋아 들을 뿐이다. 잔잔한 파문을 일구는 선율이 좋고 온갖 악기들이 화음을 이루어 내는 신비한 소리의 조화가 좋다. 유순한 마음으로 온화하고 평화로운 순간이 있는가 하면, 때로 폭풍우가 몰아오고 천둥 번개가 치듯 그렇게 폭발하는 절정의 몸부림은 우리의 삶 그 자체를 닮고 있기에 나는 격정 끝에 찾아오는 마음의 평화를 찾곤 한다.

어느 날 갑자기 음악에 몰입해 가는 나를 보며 아내는 때때로 신기해 하는 표정을 짓는다. 전에 없이 음악에 심취해 가는 변화가 불어온 자그마한 충격이리라. 아내는 그런저런 음악에 관심이 있는 편이었으나 나는 그렇지 못해서다.

잔뜩 볼륨을 높여 놓은 콤팩트 디스크로 영화음악을 듣는다. 영화라면 신들린 듯 사족을 못쓰던 학창시절이 있었다. 그런데 그토록 극장마다 순례를 하던 때가 언제인가 싶게 극장과도 멀어져 갔다. 그것은 생활의 탓이기보다 볼 만한 거리가 없어서였다. 그래 이따금씩 영화음악을 들으며 옛날을 화상하곤 한다.

산드라 디가 열연한 「피서지에서 생긴 일」의 감미로운 주제곡을 좋아한다. 또 「아라비아의 로맨스」의 환상적 신비를 간직한 사막에 흐르는 주제곡도 좋고, 센티멘털한 분위기 속에 두 여인의 서글픈 밀어를 그린 카롤로 루스티켈리가 작곡한 「부베의 연인」의 주제곡도 나는 좋아한다.

그러나 학창 시절 나를 흥분하게 했던 「에덴의 동쪽」의 제임스 딘. 그는 스물넷 나이로 스타다운 죽음을 맞이하면서 우리에게 영원한 청춘으로 기억되고 있다. 레니드로젠만이 작곡한 그 영화의 주제곡이 좋다. 또 서부영화의 걸작이었던 프레드진네만이 감독한 「하이 눈」의 주제곡이 내가 자주 듣는 주제곡이기도 하다. 그런가 하면 「황야의 무법자」의 방랑의 휘파람도 좋고, 「O.K 목장의 결투」의 행진곡이나 「콰이강의 다리」의 휘파람도 일품이다. 그리고 「대탈주」의 웅장한 선율도 나는 좋아한다.

어디 그뿐인가. 1959년 브로드웨이 무대에 올려져 대단한 갈채를 받은 바 있었던 뮤지칼 「사운드 오브 뮤직」의 쥴리 앤드류스의 목소리는 또 얼마나 나를 매료시켰던가. 그리고 「남태평양」의 환상적 분위기 속에 연출되는 뮤지컬도 나는 좋아한다.

이렇게 숱한 영화 음악들이 나를 매혹시켰던 학창시절. 이틀이 멀다하고 극장가를 순례하던 나는 감미로움에 젖으며 때로는 웅장한 서사시를 듣기도 하며, 삶과 죽음의 계곡을 넘나들곤 했다. 영화가 있고 주제음악이 있는 곳. 그 곳을 나는 잊지 못한다.

지금도 「닥터지바고」의 라라가 피맺히게 울부짖는 목소리가 들려오는 듯하다.

"그만! 그만 두세요. 무슨 얘길 하시겠다는 거예요? 제가 가지고 있는 건 오직 심장뿐이에요. 귀는 필요 없어요. 얘기는 제게 있어선 물거품 같은 것이지요. 저는 심장이 뛰는 소리라니까요!"

혁명이 일어난 시공을 배경으로 한 여인의 비련이 이런 대사로 표현된다. 고뇌하는 지식인 의사의 시야에 러시아 혁명이 펼쳐진다. 순수한 인간애를 추구하고, 시를 쓰고, 두 여인을 사랑하지만 그것은 '소시민적 가치' 일 뿐이었다. 오마 샤리프와 쥴리 크리스티, 제랄딘 채플린의 연기가 빛나는 명작 중의 명작이다. 모리스 자르는 이 영화에서 민속악기인 발라라이카를 사용하여 차이코프스키를 연상케 하는 '라라의 테마' 를 우리에게 들려준다. 다시 듣기 어려운 명곡이리라.

너는 아름다워서 젊은이들이 너를 사랑했다.

우리들은 흰 밤이 새도록

마천루에서 내려다보이는

너의 창문 턱에 앉아 있었다.

탄압과 획일(劃一)이 지배하는 공산혁명의 소용돌이 속에서 한 지상인의 절망적인 목소리가 들리는 듯하다. 파스테르나크의 〈백야(白夜)〉다.

나는 이런 음악들을 들으며 때때로 기억 속을 여행한다. 이 일은 나를 적잖이 평안함에 안주하게 한다. 평화. 그렇다. 마음의 평화를 음악이 가져다 준다.

하루하루의 일들이 때로는 짜증스럽고 더러는 분노에 떨게 하기도 한다. 부딪히는 인간사 순간마다가 그저 답답해져만 올 때, 음악은 어느 정도 나를 진정시켜 준다.

그런데 대개는 혼자의 연주보다 협주곡을 나는 좋아한다. 탁월한 능력을 지닌 개성이 넘치는 창조의 세계도 좋겠거니와 그보다는 여럿이 어울려 저마다의 소리가 혼일(混一)하여 조화의 아름다움을 보이는 창조의 세계가 더욱 좋아서이다. 그것이 어찌 음악의 세계뿐이랴. 문학이 그렇고 그 밖의 예술 행위가 모두 그러하다.

브람스의 교향곡 4번을 듣는다. 마음이 평안한 오후다. 여럿이 들어올리는 조화의 극치다.

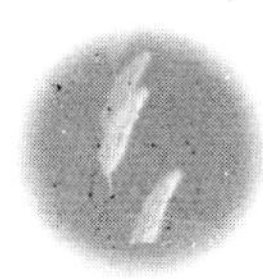

2막 5장

지킬과 하이드(Jekyll & Hyde)

무대는 1997년 4월 뉴욕 플리머스 극장. 막을 올린 뮤지컬 〈지킬과 하이드(Jekyll & Hyde). 영국 작가 로버트 스티븐슨의 원작 소설에 러브스토리를 얹은 작품이다.

소설의 배경은 19세기 말엽 영국 빅토리아 여왕시대이다. 인구의 도시 집중과 부의 편중으로 계층간의 갈등과 대립이 심했던 산업혁명의 시대였다. 스티븐슨이 소설을 집필하던 때는 그가 줄곧 병상(病床)에 있었던 때이다.

〈꿈에 대해서〉에는 어느 겨울 밤 그가 기괴한 꿈을 꾸었다고 했다. 밤중에 꿈에서 깨어난 그는 불과 몇 시간 만에 《지킬 박사와 하이드 씨의 이상한 사건》의 초고를 완성했다고 한다. 이후 3일 동안 그는 이 스토리에 몰두하여 추고를 했다. 처음에는 스릴러 형식이었지만, 알레고리의 결여를 지적한 아내의 말을 듣고는 원고를 불 속에 던져버렸다. 그리고는 3일 동안 전력을 다해 다시 붓을 잡았다. 새로이 집필한 것이 바로 이중인격의 스토리다.

의사 지킬 박사는 연구열이 대단하고 성실한 과학자였다. 그의 정직하고 성실한 인품 뒤에는 일찍부터 향락적·악마적인 난행(亂行)

에의 강한 욕구가 숨어 있었다. 지킬은 자기 내부에 존재하는 모순되는 선(善)과 악(惡) 두 가지의 성격에 시달렸다. 그리하여 이 모순되는 성격의 이중성을 선과 악으로 완전히 분리시켜 각기 별개의 인간으로 행동함으로써 선의 욕구에도 살고 악의 욕구에도 살 수 있다면, 성격의 이중성에서 오는 고민으로부터 완전히 해방될 것이라는 공상에 빠지게 되었다.

뮤지컬 〈지킬과 하이드〉는 스티븐슨의 소설을 풍자하고 있다. 무대는 1885년 런던. 전도양양한 엘리트 의사 헨리 지킬 박사는 아버지의 정신질환 치료에 몰두하면서 인간 영혼에 담긴 선과 악을 분리시키면 정신질환을 고칠 수 있을 것이라는 생각에 사로잡힌다. 신(神)의 영역에의 도전이다. 지킬은 자신이 개발한 약의 임상실험을 세인트 주드 정신병원 이사회에 요청하지만 거절당한다. 그러자 친구인 변호사 어터슨은 상심한 그의 마음을 돌리기 위해 클럽 'The Red Rat' 로 데리고 간다. 몽환적인 조명, 데카당스한 노래가 흐느적거리는 가운데 마침 루시 해리스라는 클럽 걸이 무대에 오른다. 그녀는 〈선과 악〉(Good & Evil)을 부른다. 그런 루시에게 지킬은 마음이 끌린다. 루시는 마침 클럽 주인에게 학대를 당하고 있는 처지였다. 지킬은 그녀에게 명함을 건네주고 돌아선다.

이윽고 지킬 박사는 이상한 약제(藥劑)를 배합하여 자기를 두 사람의 별개의 인간으로 분리하는 비법(秘法)을 발견한다. 그리고 이 비약의 힘을 빌려서 본래의 자신과는 다른, 젊고 키도 작으며, 보는 이로 하여금 혐오감을 품지 않을 수 없게 하는 추악한 모습의 하이드로 때때로 변신한다. 이후 그는 하이드로 악의 욕구를 충족시키면서도 성실하고 존경받는 의사로의 인격을 이어나가고자 한다.

마침내 자신을 실험 대상으로 삼기를 결심한 지킬은 악의 화신 에
드워드 하이드로의 변신에 성공한다. 그 후 그는 친구들과의 관계
도 끊고 오직 실험에만 몰두한다. 그런 어느 날, 만신창이가 된 루
시가 변태적인 클럽 손님으로부터 폭행을 당하고 불쑥 그를 찾아온
다. 지킬은 루시를 정성껏 치료한다. 어느덧 지킬에게 연정을 품게
된 루시는 그와의 이룰 수 없는 사랑에 애타 한다. 루시역을 맡은
소냐는 처음 가냘픈 목소리로 노래를 부르다가는 옷을 한 겹씩 벗
어버린다. 그리고는 에로틱한 자신의 몸매를 과시한다. 창법마저도
바뀐다. 이중성이다.

악의 상징인 하이드는 선의 상징인 지킬 박사에 대해 차츰 우세를
보이기 시작한다. 비약(秘藥)을 먹지 않아도 지킬 박사는 어느새 하
이드로 바뀐다. 그의 변신은 반복된다. 약제의 양을 차츰 늘려나간
다. 하이드의 악행도 갈수록 심해져간다. 마침내는 그는 살인마저
자행한다.

로맨스도 잠시, 하이드의 첫 번째 살인이 이어진다. 밤거리에서
10대 창녀와 일을 벌이던 세인트 주드 병원 이사장이자 베이싱스토
크의 주교가 희생된다. 시신을 불태워 버린 하이드는 지킬을 위한
복수의 화신이 된다.

하이드의 악행은 나날이 도를 더해간다. 마침내 그는 살인에 이른
다. 이제 하이드는 살인범으로 쫓기는 신세가 된다. 절체절명의 위
기감이 고조된다. 사람들의 눈에 띄기라도 하면 생명이 위태로워질
지경에 이른다.

〈'원스 어픈 어 드림(Once Upon a Dreme)〉' 극이 전개되면서 위
선에 대한 고발과 풍자는 살인으로 행동화된다. 고급 술집에서 나

이 어린 여자를 희롱하고 나오는 성직자를 하이드는 무참하게 살해한다. 광기 어린 살인 행각이 시작된다. 웅장하면서 세련된 멜로디의 뮤지컬은 클래식과 팝의 환상적 조화를 꾀하면서 듣는 이의 가슴을 울리는 주옥 같은 선율을 담아낸다.

그런 어느 날, 신상에 위협을 느낀 하이드는 원래의 자신의 모습인 지킬 박사로 되돌아가고자 필사적으로 애쓰지만, 비약을 배합하는 데 꼭 필요한 식염(食鹽)을 구하지 못하고 궁지에 빠진다. 그리고 끝내는 자살로 삶을 마감한다.

지킬은 실험이 무언가 잘못돼 가고 있다는 사실을 비로소 깨닫는다. 자기 내면 속에 존재하는 하이드와 처절한 대결을 벌이는 지킬. 하지만 승자는 하이드다. 점점 지킬을 지배하는 하이드는 루시마저 죽인다. 지킬은 결국 친구 어터슨의 칼에 뛰어들어 자살함으로써 비로소 하이드의 족쇄에서 벗어난다.

지킬 박사는 자기 자신을 이중인간으로 만드는 데 성공하였다. 그리하여 낮에는 많은 사람들로부터 존경받는 인격이 고매한 신사로, 밤에는 흉악한 하이드로 변신하였다. 그리고 새벽에는 어김없이 다시 지킬 박사로 돌아오는 데 성공했다. 그러나 어느 날 거울 속에 비친 자신의 모습을 발견하고는 깜짝 놀라야 했다. 분명 지킬 박사로 돌아왔건만 한쪽 손은 하이드로 그냥 남아 있었기 때문이었다. 한 손은 남을 위해 봉사하는 아름다운 손이었건만, 다른 한 손은 남을 해치는 잔인하고도 흉측한 손이었다.

"처음에는 지킬의 요소를 제거하는 작업이 너무도 어려워 나의 모든 연구를 거기에 쏟았다. 그러나 이 노력이 점점 이루어져 하이드의 요소가 점령해 들어오면서부터는 본래의 나는 점점 사라지고 악한 하이드와 손을 잡게 되었다. 본래의 나 지킬을 찾아야겠다고 했을 때는 이미 늦어버렸다."

산업화와 과학화가 몰고 온 종교에 대한 도전이다. 겉으로는 고상한 척하면서도 뒤로는 나쁜 짓을 일삼는 당대 귀족사회의 동물적 이중성에 대한 야유와 풍자. 어찌 19세기 말엽에만 해당하는 이야기이랴. 이중적 인간의 면모를 우리는 도처에서 본다.

역설도 이만하면 무서운 일이 아닌가. 과연 나는 어떻게 살아왔는가. 지나온 시간이 새롭게 다가온다. 지킬과 하이드가 결코 남의 몫일 수만은 없는 게 우리네 삶일진대…. 루시의 〈선과 악〉이 아주 작은 목소리로 오버랩된다.

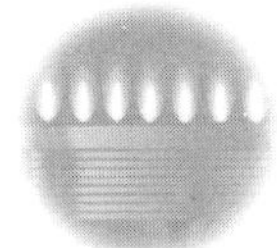

감동의 시대를 기다리며

1. 앵무새 죽이기

아침부터 비가 내린다. 시커먼 구름이 낮게 드리우고 장대비가 쏟아진다. 아랫녘으로 내려갔다던 장맛비가 북상하면서 비를 뿌린다. 아침부터 사뭇 우울하다. 날씨만큼 마음안도 심란하다. 정치가 그렇고, 경제가, 사회 전반이 그렇다. 탄핵 정국이 끝나면 무슨 감동적인 일이 벌어지려나 싶었건만, 그건 오직 바람뿐이었나? 도대체 언제부터 우린 감동을 잃었는가. 살맛나는 세상, 희망과 감동이 있는 세상, 노력한 만큼 대가를 받는 세상 그런 세상이 보고 싶다. 이 아침, 문득 하퍼 리(Harper Lee)의 소설 《앵무새 죽이기》가 떠오른다.

언제 읽어도 우리에게 문학에 대한 희망을 주는 작품이다. 왜냐하면 문학이란 우리에게 자유로운 상상력을 통해 삶과 죽음 그리고 사랑에 대한 성찰과 올바른 인간성과 편견으로부터 자유로운 열린 마음을 갖게 해주기 때문이다. 《앵무새 죽이기》는 이 모든 조건을 갖춘 탁월한 문학 작품이다.

평생 이 작품 하나만 쓰고 은둔해버린 작가. 이 소설은 출판되자

마자 평단과 독자들의 비상한 관심을 끌어 모았다. 1961년에는 영예의 퓰리처상을, 다음해에는 최고 베스트셀러상을 수상하였고, 1963년에는 그레고리 펙 주연의 영화로도 제작되어 아카데미상을 수상하였다.

이 소설은 성인이 된 루이스 핀치라는 여성이 자신의 어린 시절 고향 마을에서 일어났던 사건을 회상하는 형식으로 시작되고 있다. 소설의 화자를 순진한 어린아이로 설정하여 어른들이 보지 못하는 부분까지 아이의 시선을 통해 자연스럽게 묘사해 내고 있어, 성인 세계의 문제를 보다 더 예리하게 묘파해 내고 있다.

서두에 "젬 오빠가 팔에 상처를 입은 것은 열네 살 때였다."는 회상을 배치하여 왜 팔을 다쳤는가를 설명해 가는 과정에서 주제를 드러내는 이 소설은 가치판단보다는 어린아이의 회상이라는 장면 묘사에 치중함으로써 독자들에게 더욱 설득력을 얻고 있는 사회비판의 소설이다. 소설의 줄거리가 흑인재판과 맞물려 있어 인종차별 문제를 다룬 작품으로 보기 쉬우나 실제로는 흑인뿐만이 아니라, 우리가 무시하고 차별하는 모든 사람들에 대한 편견과 진정한 용기를 아이들의 시선에서 고발한 문학작품이다.

변호사인 아버지 애티커스는 비폭력주의자이지만, 미친 개가 아이들을 위협할 때는 즉시 나서 개를 사살한다. 죄 없는 앵무새를 쏘는 것은 비겁한 짓이지만 미친 개를 쏘는 것은 진정한 용기임을 보여준다. 편견에 맞서 싸우는 애티커스는 순수의 상징인 아이들을 지키는 파수꾼이다. "아빠는 밤새 그것을 지킬 것이다. 아침이 되어 오빠가 깨어날 때까지.0117라는 이 소설의 결미의 언술이 이를 대변한다. 그렇기에 《앵무새 죽이기》는 우리에게 희망과 감동을 준다. 인종차별과 타자에 대한 편견으로부터 자유로울 수 있는 길을 이 소설은 우리에게 진정한 메시지로 전달하고 있다. "희망과 감동"이다. 이 얼마나 가슴 따뜻한 메시지인가.

내일을 가늠하기 힘든 현대사회는 물량화만을 최선의 목표로 삼는다. 그리하여 순수는 사라져가고 자신의 욕망만을 채우기 위한 생존의 법칙만이 지배한다. 그러나 어느 시대건 순수는 살아 있게 마련이다.

문학이란 내일이 보이지 않는 암담한 현실에서 질곡의 시간, 감동이 점차 사라져 가는 시대의 징검다리를 건너가는 이들에게까지 희망의 메시지를 보내는 일이겠다. 그래서 독자가 문학작품을 통해 감동하고 내일에 대한 희망을 갖게 될 때, 그 작품의 가치는 일반적인 보편성을 뛰어넘어 구원한 가치를 지니게 될 일이다. 문학과 관련한 모든 것들이 불투명한 공간을 헤엄치는 시대의 작가일지라도 스스로의 의지에 의해 그 늪을 벗어나야 한다. 불투명하고 끈끈한 늪으로부터의 탈출은 이 시대가 안고 있는 일종의 넌센스일 뿐이다. 우리는 지금 그런 답답한 시대를 거닐지라도 시선만은 언제나 감동의 시대를 향해야 할 것이다.

2. 검지를 위하여!

신체 중에서 어느 부분이 가장 소중할까? 만일 누가 내게 이런 우문(愚問)을 한다면, 나는 단연 두 검지라 답변할지도 모른다. 그런데, 어제오늘 오른쪽 검지가 아파서 컴퓨터 자판을 두드리려면 여간 신경이 쓰이는 게 아니다.

웬 검지타령이냐고 힐문(詰問)할 사람도 있겠지만, 온종일 컴퓨터 앞에 앉아 글을 쓰는 나는 아직도 독수리 타법이니 검지가 가장 소중할밖에 없다. 자판연습을 못할 것도 없었겠지만, 그에 쏟을 시간적 낭비가 이만저만이 아닐 것이요, 어차피 지금 이대로도 충분히 글을 쓸 수 있어 그냥 저냥 여기까지 버텨온 것이다. 그런 타법으로도 일 년에 몇 권 분량의 글을 쓰고 있어 보는 이의 눈을 휘둥그렇게 한다.

오늘 그 검지가 문제를 일으킨 것이다. 생각하면, 글을 쓰면서 가장 힘겨운 것이 원고지에 청서하는 일이었다. 필기구를 꼭꼭 눌러 써야 하는 나로서는 종일 글을 쓴다는 게 여간한 중노동이 아니었다. 제일은 손가락이 아파서였다. 그래 긴 글을 쓸 때는 한동안 쓰기를 멈추고 찬물에 손가락의 열기를 시키거나, 그도 아니면 아픈 부위에 반창고를 붙이기도 하였다. 타자기의 뒤를 이어 전동타자기가 나왔지만, 기계에 손방인 내게는 그림의 떡이었다. 그러다간 도저히 안 되겠다 싶어 타자기를 구입하려고 주머니에 돈을 넣고 다니길 몇 개월, 그도 실패로 돌아갔고 뒤를 이은 컴퓨터의 경우도 매일반이었다. 어렵사리 컴퓨터를 들여놓고 보기를 석 달. 그 후로 무작정 컴퓨터에 덤벼들었으니 자판연습쯤은 아예 거들떠보지도 않은 터였다.

그런 내가 그 흔한 컴퓨터 교재 한 번 보지 않고 때마다 조금씩 얻어들은 풍월로 자판을 두드린 지도 10여 년이 넘었다. 그렇게 하여 나의 저서 50여 권이 탄생하였으니 남들이 기적이라 말할 만도 하다. 원고의 디스켓 저장만이 아니라, 메일 전송으로 모든 창작에 따른 공정이 용이하게 이루어지고, 요즘은 인터넷에 홈페이지까지 만들어 그 재미에 온통 정신을 빼앗기고 있다. 편리를 찾기 위함에서겠지만, 새 시대에 적응하기 위해서다.

《골드버그 변주곡》의 주인공 화자인 잰 오데이는 날마다 정보를 원하는 수많은 사람들로부터 날아오는 질문에 답해주고 필요한 정보를 검색해 제공해 주는 뉴욕의 도서관 참고 열람실 사서다. 파워스는 도서관 사서라는 직업이 마치 "장신의 주유소 급유원"과도 같은 서비스업이라고 하였다. 컴퓨터를 접목시켜 문학과 과학과 수학 모두에서 중요한 역할을 하고 있는 '정보이론'과 '텍스트의 미로' 모티브를 자연스럽게 이끌어내는 방법이다.

우리 문학도 이젠 새로운 인식의 변화를 제대로 담아내야 한다. 무사안일과 과거회향만으로는 시대 변화를 읽을 수 없을 게 자명하다. 키치에서 퓨전으로의 하이브릿드. 그렇기에 작가에게 필요한 것은 급변하는 패러다임에 대한 심층적 인식 공유와 문학의 변화에 대한 부단한 노력일 것이다.

내 비록 인터넷 이용에 초보적 단계를 밟고 있을지라도, 두 검지만으로도 정보의 바다를 훨훨 날 수 있음에랴. 하여, 대세를 거스를 수 없는 이 시대 몽매한 이들을 위해 오늘도 자랑스런 내 두 검지를 위하여 축배를 올린다. 검지를 위하여!

2막 7장

깨어 있어야 한다

"아!" 쥐가 말했다. "세상이 날마다 좁아지는구나. 처음에는 하도 넓어서 겁이 났는데, 자꾸 달리다 보니 좌우로 멀리 벽이 보여 행복했었다. 그러나 이 긴 벽들이 어찌나 빨리 양쪽에서 좁혀 드는지 나는 어느새 마지막 방에 와 있고, 저기 저 구석에는 덫이 있어. 내가 그리로 달려가고 있다."

"너는 달리는 방향만 바꾸면 돼." 하며 고양이가 쥐를 잡아먹었다.

─카프카, 〈작은 우화〉에서

카프카의 우화입니다. 그런데 이상하게도 여기엔 교훈이 들어 있지 않습니다. 넓은 세상을 정신없이 내달리다보니 어느새 막다른 골목에 와 버렸습니다. 이제 남은 건 인생이란 절망적 통찰뿐. 그 출구 없는 막막함이 때로는 전율을 일으킵니다. 무서운 리얼리즘이지요. 그러나 이는 체험적 사실이 아니니, 어쩌면 리얼리즘이라 할 수도 없겠지요.

답답합니다. 아니 가슴에 무언가가 막혀 출구를 잃은 짐승처럼 때 없이 외롭기도 하고 무의미하다는 생각도 합니다. 잠시 돌아봅니다. 언제 달려왔는지 까마득합니다. 옛날 같으면 잔치를 하겠다고 법석을 떨 때이지요. 갑년이 되었습니다. 언제 그렇게 가버렸는지

나도 모릅니다. 그냥저냥 살다보니 어느새 서리가 내리고 눈꺼풀이 반쯤은 내려와 앉았습니다.

머칠 전 청주에서 동인들과 박은 사진에는 내 눈만이 반쯤 가려 있었습니다. 슬픈 일이지요. 거울을 보고 있는 내게 아내가 그렇게 말했습니다. 삶의 훈장이 아닌가요? 라고. 그건 그렇다 덮어두고라도 이즈막 때 없이 슬퍼집니다. 출구가 보이지 않아서입니다. 열심히 달리기를 합니다. 그런데 이따금 내가 무엇 때문에 달리고 있는지 모르겠습니다. 우울한 일은 그 답이 시원치 않아서입니다. 그렇습니다. 언제나 깨어 있어야 하지만, 그게 쉽지만은 않더라구요.

우리는 눈 속에 선 나무등걸들과도 같다. 겉보기에 그것들은 그냥 살짝 늘어서 있어 조금만 밀어내 버릴 수도 있을 것 같다. 아니, 그럴 수는 없다. 나무들은 땅바닥과 단단하게 결합되어 있으니까. 그러나 보아라. 땅바닥과 단단하게 결합되어 있다는 것도 다만 겉보기에 그럴 뿐이다.

— 카프카, 〈나무들〉에서

주문(主文)이 없이 종속문으로 시작되는군요. 그리곤 눈 속에 나뭇등걸에 대한 상세한 묘사가 이어집니다. 그러나 묘사는 묘사로 끝나지 않습니다. 나무가 땅에 단단히 뿌리를 박고 있는 것이 사실이지만, 좀더 넓게, 길게 보면 그 역시 사실이 아닙니다. 당장 포클레인이 다가와 깔아뭉갤지도 모릅니다. 아니, 머지않아 빙하기가 올 수도 있겠지요. 눈 속에 있으면 밀쳐질 듯하건만, 실은 땅에 굳게 뿌리 내린 듯 보입니다. 그러나 다시 뒤집어 보면 가변적이고 불안한 나뭇등걸과도 같이 굳센 듯하면서도 어처구니없이 약한, 약한 듯하면서도 실은 몹시 질겨 보이기도 합니다. 하지만 그래 봤자 별 것 아닌 '우리'입니다. 아니지요. '나'일지도 모릅니다. 그래 언제나 존재의 미약함에 떨기도 했습니다.

 돌아보면, 가진 것 없고 배운 것 별로 없는 그래서 허허한 속을 채우노라 미친 듯 매달려 왔습니다. 게다가 어쭙잖은 성향으로 타인의 시선을 묻어버리고 제 안의 삶만을 키워왔는지도 모릅니다. 그랬습니다. 언제나 나의 삶은 미로와도 같았습니다. 그래 출구를 찾노라 무던히 힘도 들었지요. 눈 속에 선 나뭇등걸과도 같이 불안하고 가변적인 내 삶에 언젠가 타인이 들앉아 있었습니다. 그를 내가 밀쳐내기에는 내 존재의 불안이 지나치게 크게만 보였습니다. '이건 아니지요.'라는 반문을 수없이 뇌이면서도 겉보기엔 그런 나뭇등걸과 하나도 다를 바 없었습니다.

 카프카의 글은 그저 끈질기고 막막한 기다림입니다. 한 장 남짓한 그의 〈법 앞에서〉에는 문지기가 지키고 선 겹겹의 문 앞에서 끝내 입장 허가를 받지 못하고 등받이 없는 걸상에 앉아 평생을 기다리다 쪼그라져 죽는 시골 사람의 모습이 그려져 있습니다. 독자들에게는 그것이 한 장의 판화처럼 각인되기도 합니다.
 그래, 그의 작품에는 고향과 낯선 곳이라는 근본적, 실존적 갈등과 그 사이에서 삶의 연관을 이루어 보려는 헛된 노력이 거듭 나타나곤 합니다. 하기에 그의 작품에는 사물들의 낯섦, 낯선 사물에 대한 작가의 서늘한 시선, 놀라움을 금치 못하는 체념이 속속들이 서려 있습니다. 그에게 있어 삶과 글쓰기는 숙명적으로 얽혀 있습니다. 낮에는 관립 보험회사에서 일하고 밤에는 글을 썼다고 합니다.

삶의 조건 속에 내던져진 막막한 인간 존재. 위로나 해결은 없습니다. 존재의 조건을 투명하게 들여다보는 우리의 인식과 그런 삶을 택하는 자유가 있을 뿐이지요.

그러나 우리에게는 희망이라는 메시지가 있습니다. 최선을 다해 올곧게 살고자 노력했던 어제가 있었다면 그로써 족할 일이겠지요. 먼 곳에서 닭 우는 소리가 들려옵니다. 신새벽을 달려오는 닭울음 소리가 아침을 깨웁니다. 세상은 개벽을 준비합니다. 이제 새롭게 시작하려 합니다. 그러기 위해선 깨어 있어야겠지요.

장충단공원

안개 낀 장충단공원 누구를 찾아왔나 / 낙엽송 고목을 말없이 쓸어안고 울고만 있을까 / 지난날 이 자리에 새긴 그 이름 / 뚜렷이 남은 이 글씨 / 다시 한번 어루만지며 돌아서는 장충단공원

— 〈안개낀 장충단공원〉(최치수 작사, 배상태 작곡, 배호 노래, 1967)

사십 년도 넘은 이야기다. 고등학교 1학년 때였던가. 경찰 고위직에 있다 유명(幽明)을 달리한 친구가 있었다. 녀석과 함께 고교시절에 단 한번 여학생과 미팅을 했다.

장소는 남산이었지. 첫 상경이었다. 〈학원(學園)〉인가. 당시 유명했던 학생잡지에 내 이름이 실린 건. 편지가 온 것은 그 며칠 후였다. 서울에 한 여학생으로부터 편지를 받았다. 그 후 두어 번 편지가 오갔다. 만나자는 약속이 이루어졌다. 친구를 대동하고 기차를 탔다. 그땐 서울이 얼마나 먼 곳이었던지. 남산엔 그때도 분수대가 있었던가. 그 여학생도 친구를 대동했다. 기억이 아른하지만 수많은 층계를 밟아 정상에 올라 장충단공원을 향해 하염없이 걸었다. 그때 그 여학생에게 무슨 말을 건넸는지 지금 기억할 리가 없다. 아마도 땅이나 쳐다보며 걸었지 싶다. 그렇게 장충단공원을 휘돌아

허름한 식당에서 점심을 함께하고는 헤어졌다. 조우(遭遇)는 그것으로 끝이었다. 무슨 연유였는지 역시 기억에 없다. 생각건대 그 어렵기만 했던 학창시절이 나로 하여금 공부 이외에는 아무것도 생각할 수 없는 환경을 만들어 주었을 성싶다.

장충단공원은 그저 나에게 그런 한 도막 기억을 끌어내게 한다. 그 추억의 앨범 모서리에 회색빛 장면 하나. 그러나 어쩌다 배호의 노래를 들으면 문득 그 장충단공원이 떠오른다. 대수롭지 않은 까까머리의 추억일지라도.

배호의 부친은 만주에서 광복군으로 독립운동을 하다 세상을 떠났다. 어린 소년에게 남긴 유산은 가난과 '인간답게 살라는 유언'뿐이었다. 부양해야 할 어머니와 여동생. 그렇게 척박한 땅에 내동댕이쳐진 그가 자란 곳은 부산의 한 고아원이었다. 그는 고등학교도 채 마치기 전에 외가 혈통에 흐르던 음악적 재능, 그 노래에 대한 '끼' 때문에 무작정 상경한다.

KBS악단장인 김광수, MBC악단장인 김광빈이 그의 외삼촌들이다. 상경한 그가 거리를 배회하다 찾은 직장은 카바레 청소부였다. 손님들이 밀물처럼 빠져나간 카바레의 바닥 청소를 새벽까지 하면서도 괴로운 줄을 몰랐다. 한밤중 텅 빈 카바레에서 드럼을 두드리며 이를 악물었다. 카바레의 청소부에서 드럼 치는 악사로 바뀌면서부터 그의 신분 상승이 시작되었다. 전세방을 전전하며 어머니와 여동생을 부양하는 일조차 버겁던 시절. 카바레에서 신들린 듯 드럼을 치며 덫에 걸린 들짐승처럼 몸부림쳤다. 그러다 드디어 외삼촌인 김광빈 악단의 드러머가 되었다.

김광빈 작곡의 〈두메산골〉을 취입하여 정식으로 데뷔를 하였지만, 그의 갈망인 가수로의 길은 그리 쉬운 일이 아니었다. 첫 음반 출시가 주목을 받지 못했을 뿐만 아니라. 지병인 신장병이 속수무책으로 괴롭혔기 때문이다. 그러나 행운은 뒤늦게 찾아온다던가. 데뷔 2년 만에 우연히 〈돌아가는 삼각지〉의 취입으로 정상의 가수로 우뚝 서게 되었지만, 지병은 치명적이었다.

흐느끼는 듯한 저음의 트로트 선율에 실린 외로움과 탄식, 아쉬움과 헐벗음의 고통. 그의 노랫말에 실린 선율에는 1960년대 서울의 화려함과 희망에서 밀려난 고통 받는 이들의 한의 정조가 실려 있다. 그 메시지를 〈돌아가는 삼각지〉는 대변한다. 주민등록증, 흑백대한 뉴스, 혼분식 장려, 문희와 신성일의 멜로 영화, 백구두의 신사 박노식과 장동휘, 까스명수, 국민교육헌장… 이들은 당대의 한국사회를 상징하는 시대기호가 아니던가. 배호의 노래는 그런 시대적 좌절과 상실의 비애를 싣고 있다. 그래 그의 노래에는 늘 비에 젖어 축축한 한숨을 토해내거나 눈물을 흘리는 사나이가 서 있다. 그 외롭던 사나이. "비 내리는 명동 거리 잊을 수 없는 그 사람 / 사나이 두 뺨을 흠뻑 적시고 말없이 떠난 사람아 / 나는 너를 사랑했다 이 순간까지 나는 너를 믿었다 잊지 못하고 ' 사나이 가슴속에 비만 내린다(〈비 내리는 명동〉)." 그렇다. 사랑하는 사람을 떠나보내고 그 빈자리에서 상처를 핥는 짐승과 같이 불우한 운명과 외로움을 우리에게 반추하게 한다.

데뷔작인 〈두메산골〉에 이어 〈안개 낀 장충단공원〉, 〈누가 울어〉, 〈안개 속에 가버린 사랑〉 등이 이어 히트를 쳤건만, 오랜 가난과 병고에 시달린 그의 몸은 회복이 불가능하였다. "그 시절 프르던 잎 /

그 얼마나 참았던 사무친 상처길래 / 흐느끼며 떨어지는 마지막 잎새" 그의 마지막 잎새였던가. 1971년, 그가 귀천을 예감했던 해였다. 그의 저음은 어느 때보다도 더욱 흐느꼈다. 예인(藝人)에게 주어진 형벌과도 같은 삶. 그런 삶이 있었기에 그의 작품은 빛이 나는가.

1960년대의 대표적 대중가수의 한 사람이던 배호. 29세의 젊은 나이로 요절한 그는 그야말로 "저음과 바이브레이션, 그리고 금관악기가 남성적인 분위기를 자아내는 빅밴드의 반주"를 특징으로 하는 60년대 우리 사회의 정서를 대변하던 가수였다. 사람은 갔지만 그의 노래는 남아 아직도 우리의 폐부를 저미게 한다. 40년도 넘은 2000년대의 화려한 변화가 그를 기억에서 밀어내건만 그가 이 땅에 남긴 노랫말은 더욱 우리를 슬프게 한다.

다시금 장충단공원을 걷고 싶다. 추억을 반추하기 위해서가 아니다. 배호의 아픔을 다시금 가슴에 얹어보고 싶어서다.

새로 쓰는 서울의 찬가

달빛이 교교했다. 어둠 속에 만상이 파르르 떨며 금방이라도 무슨 일이 터질 것만 같은 적막한 밤. 어둠을 헤치고 이내 보름달이 얼굴을 내밀었다. 전방을 주시한 지 두어 시간. 차츰 눈꺼풀이 내려앉았다. 쏟아지는 졸음을 몰아내기라도 하듯 M1소총의 개머리판을 더욱 어깨 쪽으로 밀착시켰다.

언제 어느 곳으로부터 적이 불쑥 내 앞에 나타날지 모른다는 두려움에 온통 신경이 전방을 향했다. 김신조 일당이 청와대를 습격하기 위해 수도 서울에 잠입한 이후 전선은 그야말로 전쟁 전야를 방불했다. 군화도 벗지 못하고 소총을 옆구리에 낀 채 침상에 누워 있다 경계근무에 나선 것이다. 방한복을 껴입고 벙어리장갑을 끼었건만 영하 30도를 오르내리는 추위는 그야말로 뼈를 깎는 듯했다.

그때였다. 패티 김의 〈서울의 찬가〉가 확성기를 통해 산야에 울려 퍼지기 시작하였다. 고향에 계신 부모님의 모습이 동시에 떠올랐다. 살아서 고향으로 돌아갈 수 있을지 그게 막막했다.

1968년 1월. 적근산의 겨울 밤은 그렇게 깊어갔다. 입대를 조금만 연기하였어도 군복무를 면제받았을 때였다. 그러나 굳이 그 길을 택하지 않았다. 조국애 때문은 결코 아니었다. 대한민국 국민의 의

무를 수행해야 한다는 그 이유가 전부였다. 적근산에서 대성산을 오르내리고, 철책선에서 때론 비무장지대까지. 정확히 36개월 만에 나는 제복을 벗고 다시 교단으로 돌아왔다. 휴가라고 해야 겨우 두 번. 그것도 첫 휴가는 14개월 만이었으니, 당시의 내 사정을 구태여 말해 무엇 하겠는가.

그런 군대에 두 아들을 보냈다. 아비 시절의 군대와는 영 딴판인 현대화된 군대라고 했다. 하지만 자식 걱정을 하지 않을 부모가 세상천지 어디에 있으랴. 그저 건강하게만 복무하다 돌아오거라. 그렇게 빌었다. 큰아이는 다행하게도 집에서 가까운 부대에 배속되었다. 하지만 언젠가 지나가는 말로 장교에게 구타를 당했다고 했다. 그 말이 내게 심상하게 들릴 리 만무였다. 그럴 만한 이유가 있었겠지만 내가 구타를 당한 것보다도 더 가슴이 아팠다.

겉으론 그럴 수도 있으려니 하면서 지난날을 떠올렸다. 자대에 배속을 받고 선임병들에게 적지아니 시달림을 당했다. 취침 후엔 예정된 순서처럼 툭하면 집합 소리에 군장을 갖추었고, 선착순 집합에 참여했다. 선임병의 기분에 따라 행해지던 그런 통과의례에도 차츰 익숙해져갔다. 그런데, 알다가도 모를 일은 그리 후레아 같은 고참병들의 행패에도 시계는 잘도 돌아갔다.

그뿐인가. 철책 근무 시절엔 눈치 없이 부식을 나누어 주지 않는다고 이웃 부대 소대장에게 한낮 분풀이 대상이 된 일도 있었다. 나는 사병이었지만 그는 나보다 나이 어린 간부후보생 장교였다. "계집애같이 생긴 놈이…." 그게 이유였다. 대학을 나와 교단에 있던 내가 그의 눈에는 가시와 같이 보였는가. 상명하복의 군대. 비록 상대의 행위가 타당성이 없다 하더라도 감히 누구에게 맞설 것인가.

‘이놈 제대 하는 날, 어디 두고 보자.’ 이를 악물었다. 하지만 제대 하는 날 뛰어와 인사하는 그를 향해 나는 그저 웃어버렸다.

그건 내 일이었지만, 그러나 자식의 일에서는 그런 마음이 쉽게 가라앉지 아니했다. 겉으론 태연한 척하면서도 가슴에는 찬바람이 일렁였다.

첫째가 무사히 제대하고, 둘째 아이가 입대했다. 대학 재학중이던 아이는 주특기가 전공과 관련한 화학병이었다. 후반기 교육을 마치고 최전방 부대에 배속되었다. 집에서 불과 한 시간 남짓인 것이 그저 다행이었다. 입대한 지 1년여가 지났다. 아이가 교육 중 최우수상을 받아 포상휴가를 나왔다. 얼마 후에는 상병 진급을 하고 비무장지대 근무를 한다고 했다. 그러나 그런 일은 그리 괘념할 일이 아니었다. 병사들을 제 자식같이 위하는 상급자들이 있어서였다.

아이가 귀대하고 1주일여 지난 어느 토요일 오후였다. 아이의 부대로부터 대대장의 전화가 집으로 걸려왔다. 뜻밖이었다. 민간지원을 나갔다가 추락하여 사고가 났으니, 급히 분당에 있는 국군수도병원으로 오라는 전갈이었다. 퍼뜩 집히는 게 있었다. 해병대에 입소한 아이의 단짝 친구가 훈련을 마치는 날 먹은 것이 탈이 나 급사하였다는 소식을 들은 지 며칠 뒤였다. ‘내게도 불행한 일이 찾아왔구나!’ 했다. 수술동의서에 사인을 하고 수술이 진행되는 서너 시간, 그 길고 긴 시간은 선고를 기다리는 심정보다 더했으리라. 응급실에 옮겨진 아이가 눈을 뜨고 “아버지, 저 수술해야 하는데요.” 했다. 나는 아이의 손을 지그시 잡고 “애야, 수술은 벌써 끝났단다. 아주 경과가 좋다는구나! 걱정하지 마라.”였다. 무슨 말이 더 필요하였으랴.

민간지원 봉사라는 미명 앞에 병사들을 무방비로 내맡긴 결과는 아니었을까 싶었다. 무너진 축사 위에 대책 없이 올라서 작업을 하던 아이가 추락하였다면, 그 잘못이 과연 누구에게 있었겠는가. 언론에 호소라도 해야 할 중대사안에 다름 아니었다. 하지만 아이의 환후가 더 중요했다. 다행한 것은 수술 결과가 양호하여 별 이상이 없을 듯했다. 물론 후유증을 염려해야 하겠지만, 부대장이나 관계 인사들의 마음도 십분 헤아려졌다. 나는 그들에게 아이의 호전을 위해 기도나 열심히 해달라고 부탁했다. 아이는 거지반 6개월을 넘겨서야 의병 전역하였다

요즘 뉴스 초점에 군 사고가 연일 방송되고 있다. 경기도 연천의 어느 전방감시초소에서 군 복무중인 일등병이 수류탄을 던지고 총기를 난사하여 전우 8명의 목숨을 앗아갔다고 한다. 국군수도병원 영안실에 분향소가 차려졌지만, 유가족들은 사고 경위를 받아들이지 않고 있나 보다. 군 당국의 사건 경위 보도 역시 고참병의 언어폭력을 원인으로 보도하더니, 가해병사의 성격적 결함에 초점이 모아지고 있다. 그래 유가족들도 한시름 놓았다고 전한다. 어찌되었든 사고를 바라보는 여론의 향방도 여러 갈래일 밖에 없다. 때마침 텔레비전은 논산훈련소의 입영 장면을 함께 보도하면서 자식을 입대시키는 부모들의 걱정 어린 표정을 담고 있다.

유가족들의 오열하는 모습을 보며 남의 일로만 보이지 않는 건 왜일까. 두 아들이 모두 복무를 마치고 돌아와서인가. 아니다. 생떼 같은 자식의 주검 앞에서 담담할 사람이 어디 있으랴. 그래 저마다 내 자식만은 무사히 군복무를 마치고 돌아오길 기대하면서 입영훈련소로 보낸다. 하지만 사고란 때 없이 찾아오는 일, 그래 제대하는

날까지 부모의 애간장을 태운다.

　이런 부모의 마음이 자식의 입영을 기피하게도 하지 않는가 싶다. 지난 대선 때를 돌아보라. 자식의 병역문제로 얼마나 시끄러웠는가. 그게 바로 우리의 정서임에 분명하다. 그뿐인가. 얼마 전 뉴스에는 한국 국적을 포기한 인사들의 이름이 거명되었다. 무엇 때문에 그네들이 제 나라의 국적마저 포기했을까? 말할 것도 없이 군대에 가는 일을 피하게 위해서일 게다. 소위 가진 이, 있는 이들이 솔선하여 벌이는 행태가 더욱 대중의 마음을 아프게 한다. 그들이 혹여 선민의식에 사로잡혀 제 자식만을 두둔하는가 싶다. 더욱 가관인 것은 그런 사람들일수록 조국애를 운위하지 않던가.

　과거에 비하여 군대가 좋아졌다고 한다. 먹는 것, 입는 것 모두가 이전과 비교할 수 없을 정도요, 구타와 가혹 행위 같은 것은 사전에나 있다고 한다. 이는 변화일 것이다. 인터넷과 게임을 즐기고 자기중심적이고 자유분방한 요즘의 젊은이들에게 우리가 지냈던 옛날 방식이 통할 리 없다. 이런 새로운 사고가 통제 문화와 맞부딪힐 때 부작용을 낳을 것은 자명하다. 디지털 병사와 아날로그적인 군대의 코드가 조화를 이루기에는 쉽지 않은 일이겠다.

　그렇다. 분명한 것은 자식을 강하게 키워야겠다는 부모의 마음일 것이다. 그럼에도 현실은 그리 녹록치만은 않다. 훈련이 너무 힘들다고 탈영한 훈련병이나, 애인이 보고 싶다고 탈영한 병사나, 휴가를 나왔다가 귀대하지 않는 병사들의 소식도 심심찮다. 그렇다고 신세대 사병의 취향에 무조건 맞출 수는 없는 일이겠다. 모름지기 군인이란 상명하복의 엄격한 규율과 어려운 훈련도 마다하지 않는 의식의 개혁이 있어야 하리라. 아니, 남자라면 마땅히 군대에 다녀

와야 한다면서도 제 자식의 일에서는 예외를 두려는 부모들의 이중 잣대도 거둬들여야 하지 않으랴 싶다. 사고 소식을 접한 부모들의 마음이 얼마나 아프랴.

　지금도 가끔씩 전선의 봄이 떠오른다. 겨울이면 문득문득 적근산이며, 대성산의 겨울을 떠올린다. 패티 김의 〈서울의 찬가〉가 들려오는 듯해서다. 이제는 서울의 찬가도 다시 써야 하려나 보다.

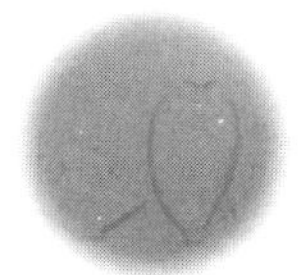

어리석음에 대하여

바보들이 있었다. 어느 날 그들은 자기 마을에 회관을 짓기로 결심했다. 그리고는 산꼭대기로 가서 목재로 쓸 나무들을 베기 시작했다. 필요한 만큼 나무를 베어낸 바보들은 통나무를 아래로 날랐다. 그런데 그들 바보 한 사람이 통나무 하나를 실수로 놓쳤다. 통나무는 데굴데굴 굴러 마을까지 내려갔다. 힘 들이지 않았는데도 통나무는 저 혼자 애초 목표 지점까지 굴러간 것이다. 문득 바보들은 좋은 생각을 떠올렸다. 통나무를 들고 내려가는 것보다 굴리는 게 훨씬 낫겠다고 생각했다. 그래서 바보들은 그때까지 자신들이 들고 내려온 통나무들을 모두 다시 산꼭대기로 들고 올라간 다음, 거기에서 굴려 내려 보냈다.

이렇게 어리석음에서 통찰력이 생기고, 진보와 발전이 뒤따른다. 하지만 어리석음 자체를 통해서 사물을 바라보는 것은 전혀 다르다. 그것은 혁명적이며 그 결과는 광기(狂氣) 혹은 구원이다. 미셸 푸코(Michel Foucault)는 "존재는 오직 고문일 뿐이다. … 삶은 감옥이 되었다. 나는 차라리 나 자신을 해치고 싶다."고 했다.

"마음이 가난한 자에게 축복이 있을지니."라고 하지 않았던가. 우리가 너무도 어리석어 이를 깨닫지 못한다는 사실은 불행한 일이 아닐 수 없다. 비록 그걸 깨닫는 순간 우리가 누리는 축복은 끝나버리고 말겠지만…. 어떻든 우리는 불행 속에서도 행복을 찾으려 한다.

요한 페테르 헤벨의 단편소설 〈나는 몰라〉(1811)에는 다음과 같은 이야기가 실려 있다.

독일인 나그네 하나가 '튤립과 애스터, 그리고 밥의 냄새가 나는 비단향꽃무리로 가득찬' 멋진 집을 찾아 들어갔다. 나그네는 지나가는 사람에게 독일어로 집주인의 이름을 물었다. 그러자 그 사람은 네덜란드어로 "나는 몰라." 라고 대답했다. 그 후 나그네는 항구로 갔다. 항구에서 값비싼 짐을 가득 실은 배를 보고는 지나가는 사람을 붙잡고 그 배의 주인이 누구인지 물었다. 그러자 그는 "나는 몰라." 라고 대답했다. 마지막으로 나그네는 장례식이 치러지는 걸 보고 구경꾼 가운데 한 사람을 붙잡고 죽은 사람이 누구냐고 물었다. 그러자 그가 '나는 몰라' 라고 했다. 그 말을 들은 나그네는 이렇게 외쳤다.

"아아. 불쌍한 나는 몰라 씨! 그 많은 재산이 다 무슨 소용이란 말이오. 내 비록 가난하지만 내가 죽어도 당신만큼은 누릴 수 있는데, 수의(壽衣) 한 벌 그리고 차가운 가슴 위에 로즈마리 혹은 루타(*지중해 원산의 귤과의 상록다년초)의 어린 가지 하나… 뭐가 다를 게 있단 말이오."

누구나 한 번은 가야 할 세상이다. 그런 내가 이 세상 소풍 끝나 돌아가는 날 아무도 나를 알아주지 않거나, 그가 어떤 사람이더냐 는 물음에 그저 '나는 몰라' 라 한다면 어찌 슬픈 일이 아니랴. 그래 사는 날까지 그저 최선을 다해 자그만 흔적이라도 남긴다면 다행한 일이겠다.

정의는 강 하나로도 경계가 지워진다.
피레네 산맥 이쪽에서의 진실은 저쪽에서는 진실이 아니다.

— 파스칼, 〈팡세〉에서

우리는 지식을 맹목적으로 믿는다. 지식이 옳기 때문이 아니다. 다수가 믿을 때 그것은 옳고 현명하다고 인정한다. 우리가 어떤 법 칙을 따를 때는 그 법칙이 유효해서가 아니다. 사람들이 법칙을 따 를 때 그것은 유효하다. 신호등 앞에서는 빨강색이 우리를 강제로 세우는 것이 아니다. 우리가 그 앞에 멈춰 서기 때문에 빨강색의 구 속력을 갖게 된다. 요컨대 어떤 법칙이 구속력을 갖는 건 논증의 결 과가 아니라 집단적 본능의 결과이다.

지혜는 과거에 저지른 실수들의 기억일 뿐이다.

— M. 프시타쿠스 막스 야콥, 〈식물〉(1907)

다시는 그리하지 않을 것이다. 약속처럼 여러 차례 마음먹지만 이 를 지키기란 쉬운 일이 아니다. 어리석기 때문이다. 그래, 어리석음은 금기다. 하지만 어리석음을 가지고 어떻게 살아갈 것인가? 어리석은 행동을 치료하는 방법은 한 번 더 반복하는 일뿐이다. 이 경우 무의식적인 어리석음은 계산된 어리석음이 된다.

키치를 넘어 낯선 세계로

키치적인 글들이 수필이라는 옷을 입고 버젓이 중인환시(衆人環視)
가운데 선을 보인다. 작가 정신보다는 그저 조잡한 채
어쩌면 문학을 빙자한 배설과도 같은. 물론 이런 과도기적 현상을
비판만 할 것이 아니라는 반론도 있기는 하다.
그러나 정작 중요한 문제는 작가적 정신이
과연 어느 정도나 개입되어 있느냐에 있을 것이다.

선풍기

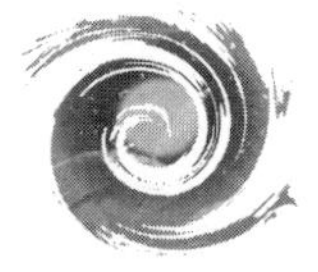

여름이 여느 때보다 빨리 온 듯싶다. 봄인가 싶더니만 이내 무더운 날씨가 계속된다. 기상청에선 이미 장마철로 접어들었다고 한다. 찌푸린 날씨가 더욱 후텁지근하기만 하다. 이 더위에 에어컨도 없는 사무실엔 지금 선풍기가 뱅뱅 돌아가고 있다. 더위를 식혀줄 요량인가 보다. 문득 우리 집 선풍기가 떠오른다.

우리 집에는 고물 선풍기가 한 대 있다. 그것 말고도 몇 해 전에 장만한 두 대와 선물로 받은 것까지 하면 네 대가 된다. 이것들은 모두가 디자인과 작동 방법이 제각기 다르다. 고물 선풍기에는 야간에 사용할 수 있도록 조명등이 붙어 있고, 얼마 전에 산 두 대는 같은 시기에 나온 것이어서 모델이 비슷하다. 또 가장 최근의 것은 리모컨까지 장착되어 있어 편리를 좋아하는 현대인의 심리에 딱 맞게 되어 있다. 디자인이나 선택 버튼도 다양하다.

선풍기가 여러 대고 보니, 자연 새것을 좋아하고 고물 선풍기는 언제부턴가 가족들로부터 천대를 받아 뒷전으로 몰리기 시작하였다. 서로 새것을 차지하려 해서다. 이제 늙어 천대와 괄시 속에서 옛 영화나 떠올려야 하는 신세가 된 고물 선풍기. 그러나 딴에는 화려하던 시절이 없었던 게 아니다.

20여 년도 훨씬 넘는 일이다. 그때 나는 생전처음으로 이 선풍기 한 대를 들여놓고는 마치 신주단지라도 모셔놓은 듯 먼지라도 앉을까, 고장이 날세라, 녹이라도 슬까 하여, 주인을 모시는 하인과도 같이 선풍기에게 온 정성을 다했다. 때로는 예쁜 옷을 입히기도 하고 수시로 기름칠을 하여 반들반들 윤기가 가실 날이 없었다. 야간에는 불을 모두 끄고 선풍기의 조명등만 밝혀 놓은 채 녀석이 연출하는 아름다운 빛에 매혹 당하곤 했다.

선풍기는 그렇게 나와 함께 한여름을 지냈다. 그런데 세월이 흘러 군데군데 녹이 슬기 시작하였다. 더 좋은 디자인의 선풍기들도 줄지어 나왔다. 그렇건만 그런 건 나와는 상관이 없다는 듯, 나는 그저 그 선풍기에만 매달렸다. 시속이 변하든, 화려한 녀석들이 선을 보여도 눈을 돌리지 않았다. 애초 정을 준 그 녀석에게서 정을 떼기가 힘들어서였다.

그런데 언제부턴가 녀석이 고개를 삐딱하게 늘어뜨리곤 힘없이 돌아가기 시작한 것이다. 보기에 딱했다. 그러자 여름철이 지나기 무섭게 반질반질 기름칠을 하여 녀석에게 옷을 입혀 보관하던 일도 차츰 시들해지기 시작하였다. 그토록 정을 주었던 녀석에게 이젠 가족 중 누구도 관심을 갖지 않았다. 잘 돌아가지도 않는 걸 버리는 것이 마땅하다는 생각이 들었다. 새것만으로 충분하기도 했다. 그런 생각이 문득문득 들 무렵.

끝내 고물 선풍기는 집밖으로 내몰렸다. 새로 등장한 산뜻한 선풍기의 위력을 녀석이 더 이상 버텨낼 재간이 없었던 게다. 그예 선풍기는 추방당하는 비운을 맞이하게 되었다. 이후 새로 들어온 선풍기가 대신 영화를 누리게 된 것은 말할 것도 없다.

그런데 센서가 부착된 신형 선풍기에게도 비운의 날이 온 것이다. 어느 날 갑작스레 고장이 나서는 당최 돌아갈 생각을 하지 않는 것이었다. 그리곤 끝내 지하실 창고에 처박히는 몸이 되었다. 노모는 아직 쓸 만한 것인데 너무 구박이 자심(滋甚)하다고 하였지만, 사세 불리하여 별 도리 없이 백기를 들어 버리고야 말았다.

지금은 온데간데없는 고물선풍기. 그런데 무서운 일은 새것에 밀리고 만 선풍기에 대한 생각마저도 이젠 내 머리에서 사라지고 있다는 데 있다. 그리곤 뱅뱅 돌아가는 새 선풍기에게 넋을 모두 빼앗겨 버리고 말았다. 문득 그 고물 선풍기가 떠오르는 것은 우리 또한 같은 모습은 아닐까 하여서다.

날이 갈수록 적신호가 나를 괴롭힌다. 눈도 침침해져 가고 조금만 오래 원고를 보면 머리가 아파 오고 피곤해지기 일쑤다. 흰머리터럭이 늘어나면서 얼굴에는 주름이 잡히고 피부마저 까칠해지면서 때로 가을을 느끼는가 하면, 겨울을 떠올리기도 한다. 그래 나 또한 고물선풍기와도 같이 언젠가 내몰림을 당하지나 않을까 하는 생각이 머리를 들기 시작한다.

최근 우리 사회에는 구조 조정에 의해 많은 사람들이 일자리를 잃어버렸다. 그들은 모두가 젊은 나이에는 각 분야에서 저마다 발군(拔群)의 실력으로 남들의 촉망을 받던 사람들이다. 그러나 지금은 나이가 많다는 이유 하나만으로 내몰림을 당한 것이다. 한낮의 태양을 등지고 박모(薄暮)를 맞이했을 그들의 모습이 마치 삐딱하게 돌아가는 고물선풍기를 닮은 것 같다는 생각이 드는 것은 왜일까.

머지않아 여름도 가을에 등을 밀려 날 것이다. 그러면 언제 그랬
느냐는 듯 선풍기에 대한 사랑도 한동안 잊어버릴 일이다. 그렇다.
가을이 되어 선풍기 신세를 지지 않아도 될 성싶은 계절이 되면 그
땐 어찌하랴.

선풍기를 닦는다. 기름칠을 하고 옷을 입혀 새해 여름에도 그 장
엄한 여름을 맞기 위해서. 행여 뒷방 신세나 내몰림을 당하는 일이
없게 하기 위해서라도 열심히 닦고 조여야 할 일이겠다.

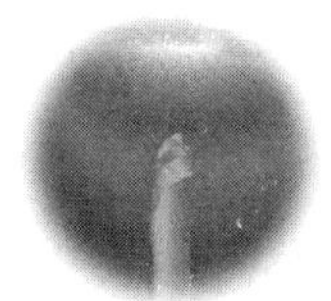

3막 2장

자유로운 종속從屬

1. 발레리나의 발

발레리나 강수진의 발을 본 적이 있다. 그녀의 매혹적인 율동을 떠올리면서 분홍 토슈즈 속에 감추어진 예쁘고 긴 매끄러운 발이려니 했다. 그런데 그게 아니었다. 발가락은 하나하나 벌어져, 어디에도 성한 곳이 없었다. 상처와 굳은살로 뒤범벅이었다. 발이라기보다는 울퉁불퉁한 나뭇등걸이었다. 지독한 훈련의 자취요, 눈물겨운 성실함의 흔적이었다.

놀랄 만치 고혹적이고 아름다운 그녀의 춤은 이런 두 발에서 나온다. 그녀의 발은 여자의 발이 아니라, 자신의 길을 쉬지 않고 걸어간 아름다운 인간의 발이었다. 늦게 시작한 무용에 남다른 열정을 쏟아 부으며 피나는 노력으로 세계의 정상에 오른 발이다. 그를 더욱 돋보이게 하는 장면이다.

또 있다. 그녀가 줄리엣으로 발탁될 때, 배역이 되는 남자 무용수들의 반응은 매우 이례적이었다 한다. 그들은 강수진과 춤을 추고 싶어 했다. 그래서 이미 정해진 로미오의 배역이 다른 사람으로 바뀌는 해프닝까지 벌어졌다. 새로운 파트너가 된 남자가 너무도 간

절히 강수진과 춤을 추고 싶어 해서 어쩔 수 없이 바꾸어 주었다는 것이다.

그녀와 파트너가 되고 싶어 한 이유는 도대체 어디에 있었을까? 바로 상대방을 빛나게 해주는 춤꾼이어서 일게다. 공연 중에 그는 온몸을 던진다. 그의 감정 표현은 일종의 엑스터시다. 혼자서 자신의 기술과 우아함을 과시하지 않고 자신의 파트너와 '함께' 춤을 추기 때문이다. 그리하여 가장 훌륭한 한 쌍을 만들어낸다. 이렇게 한 쌍이 되기 위한 보완적 관계야말로 더욱 완벽해지기 위함일 것이다.

우리는 인생을 치열하게 살아가는 사람들에게서 배워야 한다. 글을 쓰기 위해서는 미쳐야 한다. 적어도 미치지 못하는 자신 때문에 미쳐야 한다. "자신이 종사하는 분야에 모든 것을 내놓아야 한다. 그렇게 할 수 없다면 그 분야를 떠나야 한다. 타협이란 있을 수 없다." 그렇다. 글 쓰는 이를 정신 나게 하는 말이다.

내 말이 아니다. 《낯선 곳에서의 아침》에 나오는 한 대목이다. "특색이 있어야 해요. 평범함 속에서 남과 다르다는 것을 찾아내라고 하지 마세요. 그것은 오만입니다. 난 보면 알아요. 추하고 못난 사람도 특별날 수 있어요. 자신감 같은 것을 느끼게 해야 돼요. 긴장감은 준비가 되어 있지 않았다는 거예요.' 이는 노래의 여신(La Divina) 마리아 칼라스의 말이다. 그렇다. 미쳐야 한다. 어찌 미치지 않고 한 분야의 일가(一家)를 이룰 것인가?

'고갈'은 곧 '소생'이라고 존 바스(John Barth)는 말했다. 문학의 위기를 말하는 언사의 배면에는 자신을 덜어내지 못하는 욕심이 담겨 있다. 인간적 욕망을 제어하고 최선을 위해 선택하고 그 선택에 종속되어야 한다. 나비 연구가 석주명은 "10년만 한 가지 일에 매달려라. 그러면 그 분야에 일가를 이룰 것이다.” 라고 했다. 그래, 우리에게 때로는 무모한 용기도 필요하다. 인간적 욕망을 제어한 무모한 용기가 없이 어찌 자유로이 종속될 수 있겠는가.

어쩌다 보니 작가가 되었다는 사람들을 만난다. 출발이야 어찌되 었든, 기왕 시작한 일이라면 미쳐야 한다. 그러기 위해서는 적어도 자신의 일부를 덜어내야 한다. 어차피 한세상 살아가는 길이 아닌 가. 그 길 위에서 미칠 일이 있다는 것은 고통과 시련이 따르는 일 이겠지만 어찌 보면 행복한 일이기도 하다. 여기 미치는 일은 선택 의 의지가 있어야 한다. 그리고 선택은 자유로운 종속을 요구한다. 자신이 선택한 일에 붙좇아 미치는 일은 자신을 내던져야 한다. 그 럼에도 어찌 편안함을 취하려는가? 분명한 것은 우리가 선택함으 로써 자유로이 종속될 수 있다는 사실이다.

2. 환상의 성(城)

문학은 환상(幻像)의 성(城)을 짓는 일이다. 성(城)은 한때 음악이 연주되던 곳이었다. 음악이 연주되던 성으로 프랑스의 오뜨 리브 (Haute-rive)에는 환상의 성인 ‘빨레 이데알(Palais Ideal)’ 이라는 성이 있다. 이 성을 축조한 사람은 그 마을의 집배원이었던 페르디 낭 슈발이라는 사람이었다. 그는 이 성을 짓고 성주가 되었다. 1879년이라 전해진다.

프랑스 시골 마을의 집배원이었던 페르디낭 슈발은 어느 날 우편 물을 배달하기 위해 길을 걷다가 그만 돌에 부딪혀 넘어졌다. 그의 시선을 잡는 것이 있었다. 그가 단 한 번도 관심을 갖지 않았던 돌 더미였다. 돌과의 첫 만남은 이렇게 시작되었다. 돌에 대한 최초의 눈뜸이었다. 그 돌을 주워 소중히 집으로 가지고 돌아왔다.

다음날부터 그는 귀갓길에 배낭에 돌을 채워 날랐다. 돌이 많아지
자 그 돌에 조각을 새기기도 하고, 그 돌로 기둥을 쌓기도 했다. 돌
은 쪼아지고 쌓이면서 꿈속에 그리던 성곽을 구축하기 시작했다.
작은 조각에서 큰 조각으로, 조각이 기둥으로, 벽으로, 층계로 그리
고 지붕으로 마침내 기적의 성으로 솟아올랐다. 성의 이름은 '이상
의 성(Palais Ideal)'이었다. 차라리 '환상의 성'이 적절했다. 한 사
람의 집념과 꿈으로 태어난 환상의 성이 '빨레 이데알'이다.

이 성은 쉽게 축조된 것이 아니었다. 가정을 돌보지 않고 성의 축
조에 전념했던 그는 사랑하는 외아들과 아내를 잃게 된다. 충격과
슬픔으로 아들과 아내를 위한 묘각(墓閣)을 짓기 시작했다. 돌로만
지어진 사랑과 슬픔의 유택(幽宅)은 이 지상에 존재하는 가장 아름
다운 묘각이었다. 이를 완성하고서야 다시금 성을 짓기 시작하였
다. 이 외로운 작업은 나이 일흔이 넘어서야 끝을 맺었다. 슈발의
성은 이렇게 한 사람의 꿈이 얼마나 황홀한 열매를 맺을 수 있는가
를 우리에게 보여준다.

성은 돌로만 쌓는 것은 아니다. 위대한 벽화와 시, 소설과 음악 작
품도 드높은 성이며, 보들레르의 〈풍경〉이나 렘브란트의 〈나무 세
그루〉, 미켈란젤로의 〈천지 창조〉, 바흐의 〈마태 수난곡〉도 모두
하나의 성이다. 위대한 성에는 긴 회랑의 무서운 정적과 이끼 낀 돌
담이며 수많은 사연들이 풀포기 속에 잠겨 있는 후미진 정원에 삶
의 비애와 열락(悅樂)이 숨어 숨쉬고 있다. 어찌 이런 작가의 성을
두고 문학의 위기를 말하겠는가.

이제 전환기를 맞이하여 고도의 정보화와 사이버 공간으로 이루
어지는 미래사회는 예측불허하다. 그러므로 대중적 영상문화와 스
포츠에 밀린 문학예술이 더욱 위축될 것은 자명한 일이다. 그러나

여기서 발상을 전환해 보면, 21세기는 단순히 과학 기술에 의해 이어져 나가는 사회가 아니라는 데에 착목하게 한다. 즉 미래사회는 분명 시적 상상력과 문학적 창조력에 의해 생명력을 갖게 될 그런 사회가 될 것이라는 예언이다. 따라서 생명력을 갖지 못한 것들은 외부적 충격과 환경 변화에 의해 부서지고 파괴될 것이지만 생명체는 스스로를 변화시키게 될 것이다. 그러므로 앞으로의 한국문학은 이런 생명력을 갖기 위해 스스로 변화해야 할 운명 속에 있다 해도 과언이 아니다.

변화를 생각하지 않으면서 그저 위기감에만 젖어 있거나 변화를 모색하지 않는 이는 창조적 작가일 수 없다. 마땅히 자신이 전념하는 장르에 미친 듯 매달려 새로운 것을 창조하려는 집념과 의지가 있을 때에 진정한 변화는 열릴 것이다. 여기서 문학의 위기를 말하는 비장감은 실상 문학이야말로 모든 문화의 중심에 있어야 한다는 고정관념과 경직성에서 출발한다.

지금 지구촌은 탈중심, 다원적인 평등의 세계로 가고 있다. 더구나 멀티미디어가 의사소통의 핵심적 도구로, 디지털 방식에 의해 세계는 혁신적인 변화를 가속화해 간다. 그러므로 새 시대에는 새로운 문학적 환경에 대처할 수 있는, 감정적인 호소가 아닌 실제 작품들을 통해서 그 구체적인 모습을 드러내야 할 것이다. 마땅히 작가는 자신의 문학적 성 쌓기를 통해 새로움을 창조해야 할 일이지 싶다.

3막 3장

느림과 광기狂氣에 대하여

1. 느림 – 그 고급스런 권태

최근 '느림'에 대한 담론이 무성하다. 이를 주제로 하여 베스트셀러가 된 것은 프랑스 철학자 피에르 쌍소(Pierre Sansot)의 《느리게 산다는 것의 의미》일 것이다. 우리에게 그다지 알려지지 않았던 이 작가가 우리나라에서는 상당한 인기를 얻어, 최근에는 그 후속으로 《산다는 것의 의미》를 출판하기까지 했다.

'느림'은 자연 회귀의 욕구와 단순성에 대한 동경으로까지 나타난다. 헬렌 니어링(Helen Nearing)과 스코트 니어링(Scott Nearing)의 《조화로운 삶》이 독서 인구를 불러 모은 것도 얼마 전의 일이다. 여기에 단순성에 대한 책들, 일련의 《월든》을 비롯한 소로의 책들이 각광을 받는 시대다.

이런 담론들은 오늘과 같이 바쁜 우리들 삶에 균형을 가져오게 하는 데에 기여하였다고 하겠다. 즉 자기성찰의 재료나 기회를 제공하였기 때문일 것이다. 그러나 문제는 이런 것들이 어떤 문화적 편협함을 가짐으로써 현실을 회피하려는 반작용으로 나타날 수도 있다는 데에 있다.

디지털과 인터넷, 세계화, 정보 전쟁, 지식 산업, 무한 경쟁 등으로 특징지어지는 오늘날 느림이나 자연회귀, 단순한 삶은 일상적 삶의 입장에서 보면 순간의 위로는 될지언정, 결국에는 일상에서 성취할 수 없는 것이라는 데에 착목하게 한다.

그러므로 '바라는 것'과 '이루어질 수 없는 것'들 사이의 괴리가 가져다주는 스트레스는 오히려 가중될 수도 있다는 사실이다. '단순한 삶'을 '자연 속의 삶'과의 등식으로 볼 수는 없기 때문이다. 단순한 삶, 자연 속의 삶을 실현할 꿈도 꾸지 못하는 사람들은 대다수이다. 그래 실상 '귀농'이나 '전원생활'을 즐긴다는 것은 어쩌면 문화적 사치일 수도 있다.

'고급스런 권태', '천천히 산책하기' 이런 것들을 일상생활에서 실현하기에는 너무도 버거운 것이 우리의 현실이다. 기다림, 쉼, 침착함, 한가로움. 이 얼마나 아름다운 정서인가. 그래 생각의 속도를 느리게 한다는 것은 어쩌면 고급스런 권태와 맞물릴 수 있다.

현대사회는 변화 속에 함께하지 않으면 익사 직전이 된다. 느림이야말로 실천하기에 가장 힘든 일이 아닌가. 우리는 단순히 '느림'이라고 하지만, 이 담론에는 인간 삶의 총체가 반영되어 있음을 기억할 일이다.

2. 광기(狂氣)의 예술

• 위대한 예술은 미친 듯한 몰두 없이 이루어지지 않는다. 그것이 비록 하찮은 기교라 할지라도 자신을 온전히 잊고 몰두하는 데에서 만이 성취를 이룰 수 있다. 예로부터 예술의 천재들에게는 스스로도 주체할 수 없는 광기가 있었다.

박지원의 《형언도필첩서(炯言挑筆帖序)》에는 다음과 같은 이야기가 전해져 온다.

조선왕조에 화가였던 이징(李澄)은 어려서 다락 위로 올라가 그림을 익히고 있었다. 집에서는 그가 간 곳을 몰라 사방으로 찾아 헤매다가 사흘 만에야 그를 찾았다. 아버지가 노하여 그의 볼기를 쳤다. 그러자 이징은 울면서 그 눈물로 새를 그렸다고 한다.

• 종실 학산수(鶴山守)는 명창으로 이름을 날렸다. 그가 산에 들어가 노래 공부를 할 때면, 한 곡을 부를 때마다 모래 한 알을 신에 던져, 신에 모래가 가득 차고서야 돌아왔다고 한다. 한번은 도적을 만나 죽게 되었는데, 바람결에 따라 노래를 불렀더니 도적 떼가 감격하여 눈물을 흘리지 않는 자가 없었다고 한다.

어디 그뿐인가.
추사보다 앞선 시기에 초서에 능했던 명필 이삼만(李三晩)은 일생에 먹을 갈아 구멍을 낸 벼루만도 여러 개였다고 한다. 낙숫물이 돌을 뚫는다더니, 벼루 여러 개가 구멍이 나도록 그는 열심히 먹을 갈고 또 썼다.

사광(師曠)은 전국 시대의 유명한 악사였는데, 그는 소리를 듣는 데 방해된다 하여 자신의 눈을 찔러 멀게 하였다.

예술도 이쯤 되면 그 경지를 측량할 길이 없다. 적어도 이쯤 경지를 이르려면 정신의 뼈대를 하얗게 세우고, 영욕도 득실도 생사까지도 마음에 두어서는 안 된다 함이겠다. 그때 예술은 비로소 참모습을 드러내게 될 것이다. 그러니 예술은 그야말로 광기가 있어야 함이겠다.

사문유취(事文類娶)에 이르길 "구양수(歐陽脩)는 글을 지으면 벽에다 붙여두고 볼 때마다 이를 고쳤는데, 마지막 완성되고 나면 처음의 것은 한 글자도 남지 않은 적이 많았다고 한다. 소동파(蘇東坡)가 〈적벽부(赤壁賦)〉를 지었을 때, 사람들은 그가 단숨에 이를 지은 것으로 알았다. 그러나 이를 짓느라 그가 버린 초고(草稿)가 수레 세 대에 가득하였다고 했으니, 그 간의 고초를 헤아려 무엇하랴."라고 하였다.

아무짝에도 쓸모없는 것을 알면서도, 쓰지 않고서는 견딜 수 없는 주체하기 힘든 표현의 욕구를 옛사람들은 '기양(技癢)'이란 말로 표현했다. 여기 '양(癢)'이란 가려움증을 말한다. 아무리 긁어도 시원찮은 가려움이 있다. 이런 가려움은 어떤 연고나 내복약으로도 고칠 수가 없다. 이와 마찬가지로 '쓰지 않고서는 배길 수 없는 표현욕'이 바로 '기양'이다.

고질(痼疾)도 이쯤 되면, 편작(扁鵲)이 열이어도 고칠 방도가 없지 않은가.

연암 박지원이 벗에게 보낸 편지에서

"내가 일찍이 약산(藥山)에 올라 그 도읍을 굽어보니 그 사람과 물건이 달리고 뛴다는 것이 땅에 엎어져 꿈틀꿈틀하는 듯하여, 마치 개미굴의 개미와 같아 능히 한번 훅 불면 흩어질 것 같았다. 그러나 다시 마을 사람으로 하여금 나를 바라보게 한다면, 언덕을 더위잡고 바위를 따라 덩굴을 잡고 나무를 안고 꼭대기에 올라, 망령되이 스스로 높고 큰체 하는 것은 또 한 마리의 이가 머리카락에 붙어 있는 것과 무에 다르겠는가."
하였다.

결국 시인(작가)들의 산 아래를 향한 연민에 찬 탄식이나, 조소 넘치는 비아냥도 저 아래 사람들이 보기에는 같잖기 그지없는 일이라는 말이겠다. 한 사람은 위에서 보며 개미와 같아 혹 불면 날릴 것 같다 하였고, 아래서는 머리카락 위에서 비틀대는 이와 같다고 하였다. 실용적으로 보면 시든 수필이든 무엇이랴. 공연히 세상 고민을 혼자 다 짊어진 듯 끙끙대지만 실제로 그들이 할 수 있는 일이라곤 아무것도 없다 함이려니.

정약용은 그의 오학론(五學論)에서 "문장이란 허공에 걸려 있고 땅에 퍼져 있으니, 어찌 바람을 타고 달려가 붙잡을 수 있는 것이겠는가?"라고 하여 문학의 심각한 해독을 피력하였으나, 이이(李珥)는 〈인물세고서(人物世藁序)〉에서 "시란 것은 문사의 빼어난 것이다."라고 하였다.

무릇 해악도 있으나, 시란 인간의 언어 가운데 가장 빛나는 보석과 같다 함이겠다. 문제는 오늘날 낙루의 감격은 고사하고 고통의 흔적이 보이지 않는 시가 수두룩하다는 데에 있을 것이다. 이는 정신은 간데없이 껍데기만 남아 있는 문장의 경우이리라.

하지만 이 아무데도 쓸모없는 시를 짓노라 고금에 피를 말리며 밤을 지새던 시인들을 어찌 손꼽지 않으랴. 그 고심참담을 통해 독자들은 마음의 위로를 얻고 삶의 깊은 의미를 읽는다. 하여 문장을 통해 보석으로 만들든 독약으로 만들든 이는 오로지 그의 마음가짐에 달려 있으리라.

광기의 예술이야말로 독자의 심금을 울리는 걸작의 탄생을 예고할 일이지 않은가.

바다 海

바다가 품에 안긴다. 동해 바다다. 푸르다 못해 코발트색으로 물
든 바다다. 그 바다가 흰 이빨을 드러내고 내게 달려든다. 파고는
족히 3-4미터도 넘을 성싶다. 바람이 부는가. '쉬—' '쏴—' 파도
는 그렇게 밀려오고 밀려간다. 바다는 결코 정지하지 않는다. 끊임
없이 변화하고 죽음으로써 새로운 생명으로 부활하는가. 도대체 바
다의 품안에는 얼마나 많은 물을 소유하고 있는 것일까? 그 미궁의
바다는 어머니의 자궁인가? 이제 막 새로운 생명을 출산하려는 듯
우리가 일찍이 어머니의 자궁 속에서 들었던 소리를 들려준다.

망망한 바다를 바라본다. 바다가 내는 소리가 들려온다. '쉬-',
'쏴—'. 바다 소리는 모든 것을 집어삼키고 침묵의 심연으로 향한
다. 우리가 최초로 들었던 원초적인 소리는 아마도 바다 소리였나
보다. 그래, 나는 지금 내 영혼의 세속적인 때를 씻기는 듯한 바다
소리를 듣는다. 그 소리를 듣기 위해 동해 바다 자그마한 포구에 서
있다.

텅 빈 바다에서 태고의 바다 소리를 듣는다. 체온을 오르내리던
무더운 여름도 가고 가을로 가는 계절의 한 모퉁이. 삶에 찌든 영혼

을 씻어 내리는 듯한 파도 소리는 자못 희열을 느끼게 한다. 바다 소리가 들려온다. 바다는 지금 침묵하지 아니한다. 바다의 소리. 그 소리는 모든 음의 진동이 동시에 나타남으로써 얻어지는 '백색잡음(白色雜音)'이다. 소리의 연구자들은 모든 빛이 동시에 나타나 백색을 이루는 현상을 비유하여 백색잡음이라고 했다. 그렇다. 모든 음의 스펙트럼이 동시에 나타나서 '쉬—' 아니면 '쏴—'라는 무표정의 음향을 나타낸다는 것이다. 그래, 바다 소리는 모든 인간적이고 지상적인 잡된 것들을 몽땅 침묵의 심연으로 쓸어안아 삼켜버리는가? 아니 세속적인 욕망과 생명마저도 거두어 피안의 세계로 갈 것을 예고하는 소리인지도 모른다.

　작곡가 셰이퍼(R.Murray Schafer)의 말이던가. 바다는 어머니의 자궁으로 재현된다고 하였다. 그래, 자궁의 양수(羊水) 속에서 태어난 태아는 그 심연에서 탄생된 생명체에 비유될 수 있다고 했다. 그렇다. 우리가 이 세상에서 처음으로 들은 소리는 바로 어머니의 자궁 속에서 들은 그 물소리가 아니었던가. 다름 아닌, 바다 소리다. 창세기에는 천지창조가 시작되기 전의 모습을 "흑암이 깊음 위에 있고 하느님의 신은 수면에 운행하시느니라."고 했다. 생명의 근원을 바다에서 찾은 것이었다. 만물의 근원을 물로 본 탈레스의 사색도 이와 같지 아니한가.

　물이다. 바다는 지금 품에 물을 안고 밀려왔다가는 다시금 밀려간다. 물은 곧 생명체를 품에 안고 있다. 물이 없는 곳에서 생명체가 존재한다는 것은 상상할 수도 없다. 그래서 과학자들은 지구의 모든 생명체가 물로부터 왔다고 한다. 물은 곧 바다다. 해가 져 가는 바다에는 오직 물밖에 없다. 도대체 얼마나 오랜 세월 바다는 이 모양 이대로 출렁였던가. 지금 저 장엄한 바다의 형상이 그저 신비롭기만 하다. "바다는 지구의 어머니다." 그렇다. 프루스트였다. 바다를 지구의 모태로 본 것은.

하늘과 구름이 맞닿은 원초적 혼돈과 끝도 모르는 나락을 가진 바다는 지금 온갖 생명체를 가슴에 안고 쉼 없는 동작을 이어간다. 결코 바다는 정지하는 일이 없다. 이 모양 그대로. 바람이 부는 대로 더욱 거센 풍랑이 일거나 때론 순한 양과 같이 잠잠하기도 한다. 하여 바다는 어쩌면 위대한 어머니요, 위대한 파괴자일 수도 있다. 〈해에서 소년에게〉를 보라. 이는 우연이 아니다. 그는 바다를 빌려 기존의 외세에 대한 도전과 저항 의식을 표출하였다.

눈을 감는다. 빛은 차단되고 보이는 것은 없다. 그저 암흑일 뿐이다. 그러나 소리를 듣지 않는 방법은 없다. 우리의 의식이 있는 한 완벽하게 방음된 방안에서도 귀를 틀어막아도 여전히 소리는 미세할망정 아주 작게 들려온다. 그렇다면 우리에게 침묵은 없는 것일까? 아니다. 바다 소리 뒤에 있는 소리가 침묵일지도 모른다. 그러나 우리는 그 침묵을 체험할 수 없다. 영혼으로 들어야 하기 때문이다. 모든 것을 비우고 영혼으로 바다 소리를 들을 때에 아마도 침묵의 소리를 들을 수 있을는지도 모를 일이다.

바다. 바다 소리가 들려온다. 나는 지금 그 바다에 서 있다. 비우지 못하는 내 영혼의 소리를 듣기 위해서다.

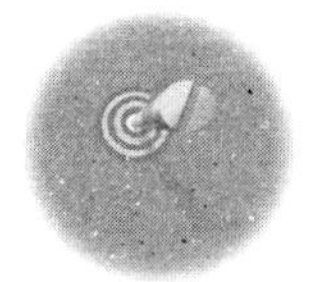

3막 5장

옛날식 다방

굳은 비 내리는 날 그야말로 옛날식 다방에 앉아 / 도라지 위스키 한 잔에다 짙은 색소폰 소릴 들어보렴.

어디선가 최백호의 구성진 가락이 들려오는 듯하다. '〈낭만에 대하여〉 그래, 낭만이었다. 어쩌다 만날 약속이 되어 있는 날, 층계를 한참이나 내려가야 하는 컴컴한 다방. 미로처럼 칸막이가 서 있고 자그마한 탁자에 의자가 둘러쳐진 다방에는 최백호의 노래가 구성지게 울려 퍼졌다.

젊은 아가씨가 엽차를 나르면 인생살이에 쓴맛 단맛 모두 섭렵한 듯 여겨지는 기미투성이의 늙은 마담은 오랜만에 온 손님을 함박웃음으로 맞이했것다. 이쯤 되면 하릴없는 중늙은들의 입이 반쯤은 찢어졌다. 석유난로 위에는 시커멓게 찌든 1.5리터 주전자에서 물이 설설 끓고 있었지.

하루 종일 앉아 노닥거려도, 엽차만 주문하여 벌컥벌컥 들이켜도 미운 소릴랑 하지 않던 옛날식 다방이 있었다. 50년대 명동거리엔 그런 다방들에 시인이며 묵객들이 드나들었고, 영화판에서 거들먹거리는 사람들도 진을 쳤다고 한다. 30대에 자주 들렀던 명동거리에 그 다방들은 지금도 그대로인지 궁금하다. 아니 인천에도 돌체며, 밀밭이라든가 몇 군데가 있었다.

그런데 어느 날 그 다방이 지하에서 지상으로 승격하여 옮겨 앉더니 슬쩍 상호를 'ㅇㅇ커피숍'으로 바꾸었다. 그리곤 알게 모르게 냄새나는 중늙은이들을 몰아내기 시작하였다. 그러다간 아예 대형 유리창으로 실내 디자인을 바꾸더니, 이번엔 자그마한 탁자에 전화기가 달리고 음향장치가 들어서더니 영화음악을 배경에 깔았다. 음악다방이 영화와 결합한 퓨전이 되었것다.

아, 그랬다. 이름도 이번에는 'ㅇㅇ카페'였다. 지하계단을 한참이나 내려가야 하는 옛날식 다방이 어쩌다 눈에 띄긴 했지만, 그곳엔 쉰내 나는 중늙은이들이나 한둘 드나들었다. 세상이 변해 가고 있었다.

대천해수욕장이던가. 연전에 문학세미나의 주제발표가 있어 그곳 역전에 닿아 시간이 좀 남았기에 찾아들어간 그 곳 다방들은 그야말로 옛날식 그대로였다. 그런데 왜 그 날 나는 그곳에서 신문 쪽지에서 언뜻 본 그 말도 많은 '티켓 다방'을 떠올렸을까?

그나저나 그 옛날식 다방이 그립다. 이름도 웃기는 '물다방'이 지금도 주안사거리에 버젓이 자리 잡고 있기는 하지만, 글쟁이나 그림쟁이들이 진을 치고 벽시전을 열거나 시낭송을 하던 은성다방도 사라졌고, '돌체'며 한창 사랑에 빠져 드나들던 '밀밭'도 문을 닫은 지 오래다. 그러니 어디선들 젊은 시절의 낭만을 찾을 수 있으랴. 이렇게 세월따라 옛것들은 하나둘 사라져 간다. 사람에 대한 그리움도 매한가지이런가.

왜 사람들은 옛것에 대해 그리 애착을 갖는 것일까? 아마도 옛것에 대한 그리움은 낭만과 향수 때문일 게다.

고고학자인 세람(C.W.Ceram)은 낭만적 감정의 욕구와 학문적 수양이 동행하는 것으로 보아 "낭만적인 여행은 학문적인 자기 수양과 보조를 맞춘다."고 하였다. 그래선가. 골동품 수집가는 골동품이 거래되는 이유를 몇 백 년 전의 누군가와 조우하는 듯한 낭만적 감동을 주어 코끝을 찡하게 만든다고 했다.

학자들은 이런 감정을 '모든 사라지는 존재에 대한 근원적 그리움'이라고 보고 있지만, 옛것에 쏠리는 감정은 역설적으로 '의미의 새로움'을 얻기 위해서가 아닐까 싶다. 인간은 옛것을 보존함으로써 역설적으로 새로움을 발견하지 않던가.

여기 이런 낭만보다 더 근원적이고 보편적 감정은 '향수'일 게다. 그래, 청마(靑馬)는 휘날리는 깃발에서 '노스탤지어의 손수건'을 보았다고 했다. 이렇게 이미지가 즉각 전이되는 것을 보면 향수가 보편적 인간의 속성임을 알게 한다. 어떤 이는 'Noatos'(돌아감)와 'Algia(고통)'의 합성어로 된 노스탤지어(Nostalgia)라는 조어가 의미적이기보다는 원래 있던 말을 발견한 것으로 보기도 했다.

그렇다. '돌아간다'는 것은 원초적인 것과 옛것으로의 회귀를 뜻한다. 그렇다면 왜 인간은 '돌아가고 싶어서 괴로워' 하는가? 실상은 괴롭기보다는 그런 걷잡을 수 없는 감정을 즐기는 것으로 보아야 하리라. 어쩌면 낭만과 향수는 인간의 가상 본질적인 감정이 아닐까 싶다. 오랜만에 최백호의 노랫말이라도 들어보아야 하련가.

3막 6장

여름나기

지난여름은 참으로 위대하였다. 백년 만에 찾아온 무더위라고 했던가. 옷을 마구 벗어 던진 사람들이 길거리에 넘치고 물상들도 더위를 이기지 못해 흐느적거렸다. 따가운 햇살이 아스팔트 위에 내리꽂힐 때마다 숨이 헉헉 막혔다. 더위를 이기지 못하고 집을 빠져나온 군중들은 분수대를 찾거나, 바람 한 점이라도 맞으려 벤치에 누워 하늘의 별을 헤기도 했다. 시인 릴케의 고백이 아니어도 진실로 위대했던 여름. 그 여름나기에 지친 군중들은 그래도 내일이란 가냘픈 희망에 목을 길게 늘인 채 기다리는 일에 익숙해 갔다.

그러나 어김없이 계절의 순환은 이어졌다. 그래, 체온을 넘나들던 무더위도 가을에 등 떠밀려 서서히 아주 천천히 물러가고 있다.

1. 벗고 살자

거지반 20여 년 만에 외국 여행길에 올랐다. 목적지는 중국 상하이(上海)를 중심으로 쑤저우(蘇州)와 항저우(杭州)다.

그 동안 나는 외국여행길에 상당히 우호적이지 못했다. 이유는 여럿이다. 우선 국내 여행도 제대로 하지 못하는 처지에 무슨 바람이 불어 적지 아니한 돈을 들여가면서 나 보란 듯 사치한 행렬에 합류

하느냐는 것이 첫째 이유였다. 둘째는 건강상 이유로, 혹시라도 외국 여행 중에 탈이 나지 않을까 저어해서였다. 미국까지 가서 며칠 일정을 연장하여 그랜드캐넌을 돌아볼 기회가 있었어도 귀국길에 올랐던 것은 그런 이유도 작용했었다. 하지만 무엇보다 마음을 비우지 못하는 붙박이생활에 길들여진 소시민적 근성 때문이었을 것이다. 그런 내가 참으로 오랜만에 집을 떠나 여행길에 오른 것이다.

중국 상하이. 공항에서의 한바탕 해프닝 끝에 임시정부청사에 도착했다. 몇 년 전에 보수공사를 마쳐 그나마 민족적 자존심을 보존하게 됐다지만, 청사 옆으로는 중국의 역사만큼이나 낡고 허술한 집들이 다닥다닥 붙어 있다. 60년대 우리네 피난민촌을 방불하듯 좁은 골목을 사이로 그네들 삶의 현장을 엿볼 수 있다. 허술한 구멍가게가 찢어지게 가난했던 우리들의 옛 시절을 떠올리게 했다.

우리나라보다 기온이 무덥다 하여 마음의 준비를 착실히 하였건만 참기 어려울 정도의 무더위다. 이마에서는 땀이 줄줄 흐른다. 시야에 들어오는 대부분의 사람들이 길거리에 작은 의자를 내놓고 웃통을 벗어젖힌 채 더위를 식히고 있다. 무더운 여름이다. 출발하기 직전에 내게 중국의 더위에 대하여 걱정스럽게 이야기해 주던 L 선생의 얼굴이 떠오른다. 그들이 무더위를 참아내기 위해 웃통을 벗어 던질 수밖에 없는 까닭에 차츰 눈이 떠온다. 주택가 건물들은 대부분 연립식이다. 손바닥만한 창으로 대나무가 수평으로 꽂혀 있다. 빨래를 내걸기 위한 대나무들이 집집마다 돌출해 있어 마치 국경일에 내선 국기와 같다. 보지 않아도 좁은 집안에서 이 더위를 참기가 힘들 것은 자명하다. 그러니 모두 밖으로 나와 더위를 식힐 밖에 없다. 자전거를 몰고 가는 이들도 대개는 누드 그대로다. 그래, 누드 천국이다.

우리에게 잘 알려져 있는 홍구공원이다. 중국 근대화의 아버지로 추앙 받는 루쉰(魯迅)을 기리는 공원으로 이름이 바뀌어 있다. 루쉰의 묘와 기념관이 있고, 공원 옆에는 그가 말년을 보냈다는 집이 그대로 보존되어 있다. 우리에겐 윤봉길 의사가 폭탄을 투척한 곳으로 기억하는 곳이다. 공원 내에는 그를 기념하는 2층 누각 매헌(梅軒)이 세워져 있지만 안내판 하나 없다. 어디를 가든 관광객이 넘치는 곳이 중국이다. 한국인은 말할 것도 없고 중국 내지(內地) 관광객들이다. 그들도 벗어 던졌다. 공원 한편에선 배구를 하는지 한 무리의 젊은이들이 모두 벗어젖히고 운동을 한다. 저녁나절 조깅을 하는 사람들은 말할 것도 없다. 처음 놀란 표정을 짓던 여인들도 이젠 무신경해졌는지 표정이 없다.

버스를 타기 위해 건널목을 건넌다. 행인들은 신호등과 무관하다. 사람이 먼저인지 차가 먼저인지 알 수 없다. 그저 먼저 가는 사람이 순서다. 차량과 사람이 엉켜 가지만, 차량들은 우리네와 같이 전속력으로 질주하지 않는다. 천천히 밀려오는 사람들이 건너가길 기다린다. 레일도 없는 무궤도 버스가 위태롭게 지나간다. 합판으로 등받이를 한 버스다.

동방명주. 황푸 강(黃浦江)을 휘도는 목선들을 만날 수 있었던 것은 바로 동방명주 전망대에서이다. 동양 최고의 88층 건물. 로봇의 머리를 연상케 하는 동방명주는 막 발사하려는 여의주를 거머쥔 거인 형상이다. 순식간에 지상 263미터를 올라간다. 창 밖으로 황푸 강이 유유히 흘러간다. 짐을 가득 실은 목선들이다. 외탄에 있는 황푸 강 선착장에서 유람선을 타고 창강(長江)과 만나는 지점인 우쑹커우(吳淞口)까지 돌아보아야 제격이련만 아쉽기만 하다. 패키지 여행은 끌려다는 데 이골이 나 있어야 한다.

도시 전체를 휘감아 도는 황푸 강은 상하이의 젖줄이자 교통로이다. 전력 사정이 좋지 않아 불을 모두 밝히지 못한 것이 아쉽다고 했다. 동·서 열국의 흔적이 여기저기 눈에 들어온다. 포동의 마천루마다 붙어 있는 만국 시장의 모습에서 중국의 모습을 본다. 선전탑 한 모퉁이에 LG전자가 눈에 들어왔다. 조금은 초라해 보였다.

저녁나절 해는 저물었지만 더위는 여전하다. 지나는 사람마다 더위에 헉헉거린다. 수건 한 장을 목에 걸었지만 흐르는 땀을 주체하기 힘들다. 연신 땀을 닦아도 조금만 지나면 매한가지다. 벗은 사람들이 여기저기 눈에 들어온다.

상하이의 메인 스트리트는 남경로다. 황푸강 연안에서 장안공원까지 동서 5킬로에 걸친 상하이의 중심부를 관통하고 있는 거리다. 우리나라로 치자면 명동거리에 해당한다. 깃발을 들고 남경로를 걷는다. 이곳까지 왔으니 한잔 정도 해도 좋으리라. 그런데 상점마다 원화(元貨)가 아니면 물건을 살 수가 없다. 동방명주에서도 매한가지였다. 달러를 받지 않는 나라. 관광지에서조차 달러는 소용 가치가 없다. 주체의식인가. 아니다. 그들은 남의 나라 지폐를 믿지 못한다. 하도 위조지폐가 많아서다. 모조품의 왕국이니 저들이 남을 믿을 수 없으리라.

저녁나절인데도 바람이 없다. 네온사인으로 화려하고 번화한 거리. 사람들은 대개 밖에 나와 의자에 둘러앉아 있다. 특이한 것은 물병을 하나씩 차고 있다는 점이다. 물이 좋지 않아 그들은 반드시 차를 끓여 먹는다. 중국의 차 분화의 발날은 식수와의 관련이 깊다. 상점에서 파는 생수조차 믿기 어렵다. 그들도 대부분은 벗고 있다. 무더위 때문이겠지만 남의 이목 따위에는 별 관심을 두지 않는 민족의 성향일까.

갑자기 배변 욕구가 인다. 장소가 이동되면 자주 화장실을 찾는 그놈의 욕구 때문에 상하이 공항에 도착하자마자 당했던 내가 벌인 해프닝을 떠올리며 혼자 피식 웃는다. 아무리 둘러보아도 그럴 만한 곳이 없다. 할 수 없이 맥도날드 상점을 찾아간다.

상하이 전철 역사에 지어놓은 호텔은 비교적 깨끗하다. 몇 시간이나 달려야 목적지에 닿는지 열차를 기다리는 여행객들이 여기저기 누워 있다. 역사는 지저분하기 짝이 없다. 여객들을 위한 쉼터는 눈 씻고 찾아도 보이지 않는다. 그러니 햇볕을 가릴 만한 곳이면 웃옷을 벗어 던진 채 누워 있다. "벗고 살자"다. 더위가 언제쯤이나 물러갈는지 올해 더위는 가히 살인적이다.

벗고 살 수밖에 없다. 귀국하여 좀 나으려나 싶었지만 우리의 기후도 중국에 만만치 않다. 오죽하였으면 전기세가 무서워 가동하지 않던 에어컨을 가동하였으랴. 덥다, 더워. 모두 벗고 살아 볼거나. 여름나기가 이렇게 어려워서야 어디 살 수 있으랴. 사람 사는 곳은 어디랄 곳도 없다. 이 더위에 어떻게 살아가느냐 하는 삶의 방식이 문제이런가. 아무튼 덥다. 남의 이목을 생각지 않는 중국인들과 같이 나도 긴 팔 와이셔츠를 벗고 짧은 팔로 휘휘 거리를 걷는다. 몇 년 만에 입어보는 짧은 팔인가? 아, 나도 미쳐 가는 건 아닌지.

2. 지옥인가, 천당인가

모두 벗고 사는 중국 여행에서 돌아왔지만, 우리나라라고 예외일 수 없다. 백년 만에 찾아온 무더위라고 했다. 태풍이 지나간 다음, 다시 체온을 넘는 기온에 헉헉거리게 했다. 그새 어찌나 땀을 많이 흘렸는지 체중이 3킬로나 빠졌다. 덥다. 너무 심한 더위다.

　나보다 먼저 세상을 떠난 아우를 만나러 간다. 중국을 다녀온 지 아흐레 만이다. 휴가철이 아니고서는 먼 길을 가기 어렵다. 김해로 내려가 가족들이 어찌 사는지 위로도 할 겸 경주 산야에 잠든 아우를 만나기 위해 아내와 함께 집을 나선다.

　김해에 도착한 것은 저녁나절이다. 아우의 빈자리가 너무나 크다. 어째 남의 집만 같다. 아우의 손길이 묻어 있는 온갖 집기들이 왠지 낯설어 보인다. 손님이라면 손님이다. 제수와 조카 둘. 이젠 여자들만이다.

　아우가 아무런 연고도 없는 김해까지 갈 때는 큰 마음의 준비가 필요했으리라. 갓 대학을 졸업하고 사회인으로서의 첫출발이었다. 단신으로 고향을 떠나 홀로 서기가 만만찮았을 것이다. 현실과 이상 사이에서 오는 심리적 고뇌를 다시금 헤아려 본다.

　에어컨을 가동하였지만 덥기는 매한가지다. 응접실에 잠자리를 마련했다. 한데 아이들이 왔다 갔다 하며 쑥덕거렸다. 날이 더워 잠을 잘 일을 생각하니 걱정스러운가 보다고 여겼다. 응접실에서 잠을 자다가 자리가 바뀐 탓이었을까. 한동안 머리를 맞대고 이야기를 나누는가 싶더니 찜질방엘 가자고 제안했다. 더위를 식히기 위해 그런 곳을 드나든다는 이야기를 들었지만, 내게는 천부당한 일이었다. 지금껏 한번도 찜질방을 드나든 일이 없어 더욱 그러했다. 사우나는 모르겠지만 찜질방이란 곳은 생리에 맞지 않는 곳이겠거니 해서 이제껏 사우나실만 드나들었다. 그곳 풍속도를 대충 보고 들어 알고 있는 나로서는 만부당한 일이었다. 아내는 나보다 한술 더했다. 너희끼리 다녀오라고 했다. 그런데 아이들의 성화가 정도를 넘고 있었다. 그냥 두고 볼 일이 아니었다. 전기를 아끼려는지 에어컨마저 꺼버린 응접실은 흡사 한증막이었다. 고층 아파트의 창문을 열어놓았지만 밤이 되어도 더위는 쉽사리 식지 않았다. 내 집 같으면 벌거벗고 잠을 잔들 누가 탓하랴. 하지만 경우가 그게 아니니 난처했다.

도리 없이 따라나섰다. 승용차로 한동안 산허리를 휘어 감고 언덕을 넘어서야 목적지에 도착했다. 경주의 석굴암을 본뜬 부대건물이 눈에 들어왔다. 대형 찜질방이다. 우후죽순 도심에 들어선 사우나 겸 찜질방만을 보아오던 나는 그 규모에 우선 압도되었다. 이미 자정이 넘은 시각이었지만 사람들로 북적거렸다. 조심스럽게 계단을 밟아 올라갔다. 숙박업소를 방불하듯 칸칸이 휴게실이며 작은 방이 있지만 모두 예약제라고 했다. 대형 휴게실로 발길을 옮겼다. 출입구가 어디인지 분간이 서지 않았다. 미로를 빠져나가듯 이리저리 살펴보아도 쉴 만한 곳을 찾기가 어려웠다. 혹여 이런 곳에서 돌발 사고라도 일어난다면 어찌하랴 싶었다.

엔간한 학교의 운동장 크기의 방에 가로 세로 누운 사람들로 발디딜 틈이 없다. 도대체 이 많은 사람들이 어디서 온 것인가? 김해 시내의 온통 주민을 모두 불러들인 것만 같다. 집을 버리고 어찌 이 곳을 찾아들었는가. 어디고 무릎을 대고 앉을 만한 곳조차 없다. 가까스로 비집고 앉았건만 난감하기가 이를 데 없었다. 더위를 식힌답시고 적지 않은 입장료를 지불한 내가 한심해 보였다.

침침한 조명등 아래 누워 있는 사람들. 낯도 모르는 남자와 여자가 뒤섞이고, 젊은이와 유소년이 뒤섞여 마치 동물의 왕국을 보는 듯했다. 더위가 이렇게 인간을 하등동물로까지 타락시켰단 말인가. 인간이길 포기한 듯한 이 적나라한 형상에 기가 차올랐다. 여기저기 닦다버린 듯한 수건이 뒹굴었다. 속에서 부글부글 울화가 치밀었지만, 입장료를 지불하고 들어온 길이니 어이하랴. 참을 밖에 도리가 없다고 생각했다.

아침 일찌거니 아우를 만나기 위해 경주를 향해야 한다. 그런데, 모포 한 장도 구할 수가 없다. 마침 종업원이 눈에 띄었다. 냅다 소리를 질렀다. "이러구서 손님을 받는 해괴망측한 짓을 하겠소. 당장 신문 기사를 쓰겠소." 잠시 후 방송을 통해 모포가 필요한 분은 1층 로비로 오라는 전갈이 있었다.

가만 생각해 본다. 무더위에 잠을 이룰 수 없어 찜질방을 찾아 나설 때는 지옥에서 천당을 찾아 나선 사람들일 게다. 그런데 그 천당은 곧 지옥일 게 분명했다. 그랬다. 분명 천당과 지옥은 백지 한 장의 차이였다. 한여름 무더위가 수많은 사람들을 지옥살이 시키고 있었다. 참을 성 없는 사람들이 경제적 이득을 취하려는 현대판 봉이 김선달과 혼재하여 일으키는 이 비극적 현실이 바로 지옥이 아니던가. 수용인원 1천 명이라는 찜질방이 무더운 여름, 더더욱 마음안에 활활 불을 지피고 있었다. 현대의 아이러니었다. 생각 없이 사는 현대인의 비극인가?

여름나기에 이렇게 힘겨워서야 어찌 인간이라 하랴.

수필문학 따져보기

문학이라는 영원한 화두. 그를 위해 우리는 얼마만큼 깊고 너른 강을 헤엄쳐 왔는가? 문학 그 영원한 화두를 위하여 오늘은 차근차근 따져봐야겠다.

키치 코드

플라스틱 장난감 등 잡동사니가 가득한 남자의 하숙방. 가수 김C가 요란한 전화벨 소리에 놀라 발딱 일어난다. 전화벨 속에서 들려오는 탤런트 전원주의 목소리.

"에미다(M이다)."

잠이 덜 깨 어리둥절한 김C 옆에서 작은 새끼 양 한 마리가 목소리를 보탠다.

"엠(M)~?

텔레비전 광고다. 포털 사이트 '마이엠'의 광고는 빅스타 모델로 화면을 구성한 기존의 포털 사이트 광고와 차별화하기 위해 키치적인 요소를 사용하고 있다. 항상 어리둥절하고 부수수한 이미지의 모델 김C. 어지러운 하숙방과 난데없이 나타난 양….

지금까지 선남선녀의 무대였던 시청자의 허를 찌르는 소재가 이른바 키치(kitsch)다. 저속과 통속의 이미지다. 촌스럽고 유치하고 우습기도 하다. 기존의 상식을 뒤엎는 이런 질서의 파괴가 현대사회에서는 때로 통쾌한 웃음을 선사하기도 한다. 산만하고 이질적인 이미지들을 한데 모아 오히려 더 신선한 맛을 주는 그런 이미지. 어떤 의미에서는 가히 충격적이고 획기적이면서도 신선하다. 문학이 아니다. 텔레비전에 방영하는 광고의 코드다.

또 하나, 매일유업의 '프로바이오 GG' 광고는 1970년대 선거 유세장을 배경으로 하고 있다. 촌스럽게 생긴 후보자는 "여러분, 세상엔 가늘고 길게 혹은 굵고 짧게 산 사람이 많습니다. 하지만 저는 굵고 길게 해보겠습니다."라고 외친다. 소화와 배변을 원활히 해주는 음료의 장점을 부각하기 위한 광고의 설정이다.

또 있다. 현대카드M은 영화 〈살인의 추억〉의 명(名)장면 가운데 가장 촌스럽고 서민적인 화면을 골라잡았다. 형사와 피의자가 궁상맞게 자장면을 먹으며 텔레비전 프로그램 〈수사반장〉을 보는 장면이다.

역시 세련된 것들만 가득한 광고 화면들 속에서 이렇게 반대로 촌스러운 코드가 튀어나온다. 그런데 이런 광고들이 더 신선하고 참신해 보이는 건 무엇 때문일까?

이를 수필에 대입해 보면 역행성의 문학이다. 피천득이 말한 '균형 속의 파격'. 거꾸로 보면 '거슬리지 않는 적격'은 아닌지.

문학의 위기인가 작가의 위기인가

수삼 년 전부터 비등했던 문학 무용론도 이젠 신선감마저 상실해

간다. 이런 화두의 등장으로 문인들의 사기가 떨어져야 할 일임에도 창작욕과 그 성과를 보면 옛날과 별반 다름이 없다.

위기의식은 그때의 함의가 어찌되었든 우리 역사 속에서 반복적으로 사용되어 왔다. 그래선지 지금은 사회 여러 분야에서 합창이나 하듯 사용하고 있다. 오존층 파괴, 생태계 파괴가 불러오는 생태학적 위기나, 환경오염과 관련한 위생적 위기, 구조 조정에 따른 실업과 경제적 위기가 그렇고, 공동체의 붕괴나 이혼 증가에 따른 사회적 위기 등이 그러하다. 그야말로 위기 편재설(危機遍在說)이 상식화되어 있는 게 현실이다. 이렇게 위기는 문학에서만이 아니다. 매체의 변화와 어문학과의 위기는 세속적 텍스트라는 함정에 빠져 있다고 하겠다.

이제 문학은 위기가 아니라 새로운 도약과 영역 확장의 계기가 되어야 한다. 존 바스는 《고갈의 문학》에서 "문학이라는 양식은 시대의 변화에 따라 얼마든 고갈되고 새롭게 태어나야 한다."고 했다. 문학과 영상의 제휴는 이런 맥락의 현상이라 하겠다. 그러므로 오늘날 다매체 시대로의 진입은 어쩌면 위기라기보다는 영역 확장을 위한 기회일지도 모른다. 인터넷을 이용한 '하이퍼 픽션'이나 '테크노 픽션'의 개발이 그러하다. 화상과 음향 그리고 문자의 혼합과 같은 문학과 과학의 결합이나, 이종결합에 의한 새로운 영역 확장은 이제 본격적으로 시도되어야 할 일이다. 그렇다면 오늘 작가에게 요구되는 것은 무엇일까?

한마디로 새로운 패러다임에 의한 심층적 인식 공유와 문학의 변화에 대한 부단한 노력일 것이다. 시대는 분명 급속도로 변화하고 있는데 문학이 이를 담아내지 못한다면 위기는 가중될 것이다. 김성곤이던가. "현재의 딜레마를 해결하기 위해 작가들은 문학의 미래를 바라보며 끊임없이 새로운 문학 양식과 새로운 기법을 개발하고 창조해 내어야만 한다. 간혹 과거로 되돌아간다면, 그건 문학의 근원에서 새로운 영감과 새로운 상상력을 찾아내기 위해서일 뿐, 결코 과거에서 위안과 위로를 찾아서는 안 된다."고 했다.

과거는 그 자체가 향수나 숭앙의 대상이 되어서는 안 되며, 다만 현재를 비추는 거울로, 또 미래의 비전을 반영하는 시금석으로 존재 가치를 가질 때에만 소중한 것이라는 말이겠다.

대중문화의 키치

그때는 그랬다. 군 생활을 마치고 교사로 재임명되어 근무하던 젊은 시절. 빡빡머리를 기르기 시작하면서 나는 한동안 하루 두 번씩 꼬박꼬박 이발소엘 들렀다. 막 기르기 시작한 머리가 자고 나면 헝클어져 있다. 그래, 등굣길과 퇴근길에 반드시 이발소에 들러 연탄불에 질러 두었던 쇠꼬챙이로 머릴 잠재웠다. 그 작업이 끝나기까지의 무료한 시간. 나는 벽에 걸린 물레방아 도는 농촌 풍경을 그린 그림에 시선을 박거나 암퇘지가 새끼 돼지에게 젖을 물리는 장면이나 밀레의 만종을 감동 없이 바라보곤 했다. 그런데 지금은 그런 이발소와도 담을 쌓은 지 몇 십 년이 되어 어떤 풍경인지 상상이 가지 않는다.

키치는 이렇게 싸구려 물건, 이발소 그림이나 페인트 그림, 조악한 것, 이상야릇한 것을 떠올리게 한다. 그러나 조금은 저속하지만 무료를 달래주기에는 충분하였다. '저속', '치졸'이라는 뜻의 영어의 'kitsch' 또는 의미가 모호한 독일어의 동사 'kitschen'에서 어원을 찾을 수 있으며, 1872년경부터 유행하기 시작한 용어로 '속된 것', '가짜' 또는 '본래의 목적에서 벗어난 것'을 가리킨다.

19세기말에는 뮌헨의 예술가들 사이에서 유행하였다 하는데, 해롤드 로젠버그는 값싸고 감상적이며 귀여운 복제품 전부를 지칭한다고 보고 있다. 주로 패션에서 사용하는 용어로 이런 키치 감각의 패션은 경제의 고도성장을 맞은 나라에서 갑자기 물질적 풍요로움에 권태를 느껴 품위 없는 천한 모습의 옷차림과 싸구려 액세서리 등에 의한 과잉된 장식을 하는 것을 의미한다. 따라서 저속과 천박(淺薄)이 키치의 이미지라 할 수 있다.

키치(Kitsch)는 일종의 문화적 특권 의식에서 비롯된 기존 사회에 대한 이질적인 문화의 접목과정에서 나타난 문화적 현상으로 대량생산 소비과정을 통해 유입된 문화 현상이라 하겠다. 이제 이런 서구사회의 이국적인 삶을 현대성의 원형(原形, archetype)으로 삼아 배태시킨 '튀기문화'의 키치와 이를 흉내 낸 소시민의 '통조림 문화'라는 동전의 양면과도 같은 키치의 미적 이데올로기가 우리 사회의 일상이 되어가고 있다.

고급문화를 모방하며 천박한 복제품을 위해 사물을 무차별적으로 사용하는 위조된 거짓 감각의 대중적 취향이라는 부정적 의미로부터 산업사회의 소비문화를 수용하는 대중들의 이런 대중문화인 키치에 대하여 순수문화를 포기하고 세속화를 초래하게 될 것이라는 우려의 시각도 있다. 이런 우려는 물론 대중문화를 저급한 통속문화와 동일시하기 때문이다. 그러나 반귀족문화로서의 대중문화는 분명 저급문화와는 본질적으로 차이가 있다. 대중문화가 이미 무시 못할 우리 삶의 일부가 되어서이다. 텔레비전과 컴퓨터로 인해 우리는 지금 대중문화의 향유자가 되었고, 예술이나 문학도 더 이상 우리의 삶과 유리된 지고(至高)의 존재가 아니기 때문이다. 그러므로 순수와 대중이라는 이분법적 구분은 상당히 무의미해진다.

문학의 위기론이 폐쇄적 문화귀족주의로부터 출발한다고 하였다. 이는 시대변화를 감안한다면 수긍이 가는 말이겠다. 우리는 여기서 과거와 같은 순수문학의 고수에만 치우칠 것이 아니라, 대중문학에 대한 관심도 필요함을 간파하게 한다.

패러다임의 변화

수필문단에도 키치가 판을 친다. 고뇌와 진통의 산물로서의 수필 작품보다는 그저 쉽게 빚은 글들이 대부분이다. 작품의 생명력이라고는 찾기 힘든 서툴고, 의미 없는, 정력과 인쇄물의 낭비에 가까운, 신변잡기라는 비난에도 할 말이 없는… 작품들이 쏟아져 나온다 해도 과언이 아니다. 그야말로 키치적인 글들이 수필이라는 옷을 입고 버젓이 중인환시(衆人環視) 가운데 선을 보인다. 작가 정신보다는 그저 조잡한 채 어쩌면 문학을 빙자한 배설과도 같은. 물론 이런 과도기적 현상을 비판만 할 것이 아니라는 반론도 있기는 하다. 그러나 정작 중요한 문제는 작가적 정신이 과연 어느 정도나 개입되어 있느냐에 있을 것이다.

수필이 언어의 미적 구조로 된 작품이라면, 무엇보다도 완벽한 문장이어야 할 것이다. 어법에 맞으며 논리적 질서에 맞아야 할 것은 물론이요, 글의 구조 자체가 군더더기 없이 단아하여 경제적이어야 할 것이다. 또 어떤 소재를 다루든 그것이 인간존재의 의미를 규명하고자 하는 인간학에 바탕을 두어야 할 것이며 주제가 참신해야하고, 주제 구현의 기법이 세련되어야 할 것이다. 다음으로는 같은 소재라도 작가의 안목과 인생관에 따라 무엇을 말하고자 하는지가 달라질 수 있다. 새로운 시대는 새 시대에 맞는 패러다임이 요구된다. 같은 사물이라도 어떻게 보느냐에 따라 주제 전달이나 내용이 달라질 수 있음은 말할 것도 없다. 여기서 우리는 언어의 형태학적 '낯설게 하기'를 떠올릴 수 있다. 지금까지 우리가 사물을 바라보던 각도를 조금만 달리해 보자는 말이다. 그럴 때에 종전과 전혀 다른 세상을 우리는 만나게 된다.

수필평론의 허와 실

존스타인 벡(John steinbeck)은 여러 편의 소설을 써서 한때 미국에서 가장 인기 있는 작가 중의 한 사람이었다. 그가 1939년에 발표한 《분노의 포도》는 스토우 부인의 《톰 아저씨의 오두막》에 비견할 만치 훌륭한 작품으로 평가되기도 하였다. 그 후 그는 《에덴의 동쪽》으로 명성을 떨쳤고, 1961년에는 《불만의 겨울》을 발표하여 노벨문학상을 수상하기도 하였다. 그런데 문제는 이 노벨문학상이 수여된 《불만의 겨울》이 미국 내의 비평가들에 의해 혹독한 평가 절하의 비평에 시달리게 되었다는 점에 있다.

작가와 작품에 대한 부정적 비평은 작가만이 아니라, 독자에게까지 영향을 미쳐 스타인 벡의 인기는 급거 하락하기 시작했고, 이렇다 할 다음 작품마저 발표하지 못한 채 7년 뒤 66세의 나이로 세상을 떠났다. 이는 작가에 대한 비평이 얼마나 무서운 것인가를 보여주는 사례가 아닌가 생각된다.

수필비평의 경우, 최근 가장 유행하는 것은 수필집의 꼬리에 붙는 작품 해설이다. 이를 비평이라 해야 할지, 아니면 그저 해설쯤으로 여겨야 할지 모르겠지만-평자의 견해와 주관에 따라 달라질 수 있으므로-이를 비평의 범주에 일단 넣는다면, 이들 이외에 월평을 비평의 범주에 더 넣을 수 있겠다. 이들이 대개 수필비평의 경우 대종을 이루는 것으로 보아 이런 비평이 적지 아니 비평이 부재한 수필

문단에 그래도 수필을 재단하고 있지 않나 생각된다. 여기서 비평은 한 사람의 충실한 독자로서 작품에서 발견되는 바를 재단, 평가함을 이른다. 그런데 문제는 이런 비평이 자칫 인상비평 수준에 머물고 있다는 데 문제가 있다. 오스카 와일드의 말과 같이 "비평가는 여러 가지 아름다운 것에서 받은 자기 인상을 다른 수법, 또는 새로운 재료로 변형할 수 있는 사람"이라고 하였거니와, 아나톨 프랑스는 "훌륭한 비평가는 걸작 사이를 걷고 있는 중, 그의 혼이 일어나는 사건"이라고까지 하였다. 따라서 비평은 평가에 앞서 한 편의 창작이어야 할 것은 말할 것도 없다.

수필집의 해설을 보노라면 그저 작품 해설 그 자체에 머물러 인상비평 수준도 되지 않는 경우를 더러 볼 수 있다. 수필집의 작품 하나하나를 설명해 줄 정도의 비평이라면 고급 독자의 경우 과연 거기서 무엇을 얻을 것인가. 마땅히 해설의 경우는 그 작가의 작품 경향을 미처 발견하지 못하는 독자를 위해 작품의 배면에 숨어 있는 삶의 진실을 규명함으로써 작가의 작품 세계를 이해하는데 도움을 주어야 마땅할 것이다.

해설의 내용이 칭찬 일변도(一邊倒)라는 비난을 할 독자도 없지 않으나, 작품 해설의 경우에는 비난이나 단점의 추적이 목적이 아님을 미처 헤아리지 못한 경우가 아닌가 생각된다. 여기서 혹자는 학연이나 지연에 의해 가급적 남의 단점을 들추지 않으려는 목적에서라고 비난할 사람도 있겠지만, 적어도 작품 해설의 경우와 월평의 경우는 차이가 있음을 이해해야 할 줄 안다. 그렇다고 되지도 않은 작품에 대해 무조건 칭찬 일변도로 통용된다면 이 또한 우리가 경계해야 할 일이겠다. 아무튼 비평은 비평가 자신의 문학에 대한 새롭고 독자적인 의견을 전개하여 그 비평 자체에 예술적인 창조성을 보여주어야 할 것이다.

전문가의 시대

미래학자인 패터 드리커는 미래사회를 예언하면서, 지난 세기는 자본의 시대였고 다가올 세기는 전문가의 시대라고 했다. 이 말은 우리 시대에 이미 실제적 현상으로 나타나고 있다.

프랑스 몽블랑 만년필 공장의 이야기는 우리들에게 많은 것을 시사한다. 그곳 공장의 노동자들은 연로한 사람이 많다고 한다. 청년 시절이나 꽃다운 처녀 시절에 입사해서 머리가 희끗희끗 세고 허리가 굽을 때까지 수십 년 간을 그 공장에서 동일한 작업을 계속해 온 사람들이 대부분이다. 그들은 만년필을 만드는 일에 평생을 다한 사람들이다. 그렇기에 그 노동자들에게 있어 몽블랑 만년필의 촉을 만드는 일은 일종의 예술적 작업이다.

드리커의 견해와 같이 전문가란 그리 거창한 사람은 아니다. 어떤 일에 종사하든 그 일을 평생 자신의 천직으로 이해하고 그 일에 최선을 다하는 사람이다. 그리하여 만년필 촉을 만드는 전문가가 있는가 하면, 열쇠고리만을 전문으로 만드는 사람도 있다. 아름다운 목소리로 노래를 부르는 일을 전문으로 하는 사람도 있고, 수필을 전문으로 쓰는 사람도 있다. 이렇게 전문적 영역은 수도 없이 많게 된다.

여기 어떤 분야에서 전문가가 된다는 것은 감동이 적어지고 그 대신 깊어져야 한다. 그러므로 좋은 작품을 만났을 때 감동은 언어로 표현하기에도 힘들게 된다. 경마에 미친 사람은 좋은 종마를 사들이기 위해 전재산을 털어 바친다. 오디오 기기에 빠진 사람은 스피커 하나를 사기 위해 엄청난 투자를 하기도 한다. 전문가만이 지니는 감동이 있기 때문이다. 그렇기에 전문가가 이룩한 경지는 자기 일에 심취하여 한 우물을 파는 뚝심이 없고서는 이룰 수가 없다. 쉽게 달아오른 것은 또 쉽게 식게 마련이다. 서서히 달구어 내는 뚝심이 바로 수필 쓰기에 선결 조건이라 하겠다. 그러므로 전문가 시대에는 그에 걸맞는 글쓰기가 필요할 것이다.

인습으로부터의 탈출

일찍이 오르데가 이 가세트는 "현대예술은 작가와 독자 사이에 메시지를 전달할 수 있는 나룻배를 폭파해 버렸다."라고 언명한 바 있다. 그가 말하는 현대예술이란 이른바 전위적 · 실험적인 일련의 문학예술을 지칭한 말일 것이다. 이런 전위적 작가들은 대다수의 사람들을 문학으로 끌어들이려는 노력을 포기한 반면에, 소수의 고도로 훈련된 전문 독자들만의 이해에 기대를 걸고 있다. 때문에 이런 난해한 문학 앞에 대다수의 사람들은 나룻배를 잃은 강가의 나그네와 같이 강 건너에서 다가갈 방도를 찾지 못하고 서성이게 마련이다. 요컨대 문학과 독자의 치명적 불화일 것이다. 여기서 문학의 인습으로부터의 탈출이 요구되고 있다.

하이테크 시대의 꽃은 벤처산업이다. 이는 기존의 인습을 깨뜨리는 대담한 모험정신에서부터 출발한다. 미지의 영역에 대한 도전 정신이다. 여기에는 상상력이 필수적이다. 어쩌면 기술과 예술의 만남이기도 하다. 그렇기에 지금이야말로 문학적 상상력, 예술적 상상력이 무엇보다도 필요한 때가 아닐 수 없다.

"이제야말로 문학은 기나긴 몽유병적 잠에서 깨어나야 할 시점이 되었다." 내 말이 아니다. 김영현은 〈민족 문학의 새로운 가능성〉을 말하는 자리에서 이렇게 덧붙였다. "문학은 물론 철학의 명제처럼 논리적인 언어구조를 가지고 있지는 않다. 오히려 모순적이고 비약적인 언어로 가득 차 있다고 해도 과언이 아닐지 모른다. 그러므로 오히려 문학이야말로 파괴된 내면을 조심스럽게 깁고 피 흘리는 상처를 닦아내는 데 효과적인지도 모른다."

오늘의 문학은 '절망 속에서의 꿈꾸기' 여야 한다는 것이다. 그렇다. 우리는 지금 짙은 안개 속에 서 있다. 불안이 유령처럼 나타났다 사라졌다 하며 어슬렁거린다. 그렇다고 두려워할 것만은 아니다. 희망이란 이름은 과거가 아니라 언제나 미래에 따라다니기 때문이다. 그래, 우리가 아무리 고통스럽고 절망적인 계단에 서 있다 할지라도 내일에 대한 낭만적 영혼과 꿈을 잃지 않는 한 희망은 있게 마련이다.

클로델은 말하고 있다. "나의 발은 대지를 떠났다. 나의 손은 모든 손에서, 나의 감각은 외부의 모든 사물에서, 또 나의 영혼은 나의 감각에서…… 벗어났다. 더 이상 한 인간은 존재하지 않는다. 하나의 움직임, 하나의 근원이 있을 뿐이다. 나는 탄생이 고통스럽다. 나라는 것은 말소된다. 눈을 감으면 나의 외부에는 아무것도 없다. 외부에 있는 것은 바로 나다."라고. 결국 인간의 사상은 꿈과 깨어 있는 삶 사이에 세워놓은 관계에 불과할지도 모를 일이다. 하여 우리는 서로 뒤섞여 있지만 평행선을 달리듯 완전한 대응관계를 설정할 수 없는 두 형태의 삶을 살아가고 있다는 사실에 이따금 놀라게 된다.

타장르 시대의 수필

조각가 안규철이 쓴 《그 남자의 가방》은 '안규철의 사물에 관한 이야기'라는 부제가 붙어 있다. 작가가 조각을 하면서 느꼈던 상념들, 일테면 조각가로서의 대상을 다루는 과정에서 자신이 습득한 예술의 존재 의의에 대한 사념들이나 예술 행위를 통해 인간 삶의 풍경들을 새롭게 본 시각들을 쓴 글이다. 그는 이 책에서 의자라든가 가방, 책상과 서랍, 책가방, 간판, 문신 등 사물들에 대하여 전혀 새로운 시각을 보이고 있다. 또 인간의 얼굴이며, 뇌, 머리카락과 같은 것을 통해 정체성과의 연결을 재미있게 설명하고 있다. 말미에서는 조각가로서의 삶에 영향을 끼친 가족사를 반추하면서 예술과 삶의 전반에 대한 자기 고백을 하고 있다.

이런 경향은 사진작가 강운구의 《시간의 빛》에서도 나타난다. 이 책에서 그는 봄에서 겨울까지 이 땅의 한해살이 풍경을 손수 카메라에 담으면서 자신의 예술관과 한국적 삶의 숙명을 가감 없이 서술하고 있다. 그는 버리지 말아야 할 풍경과 버릴 풍경이 뒤섞여 있는 현실을 읽어내는가 하면, 작은 꽃잎 하나에서부터 나무와 돌에 이르기까지 이 땅에 뿌리내리고 사는 초목과 동물들의 순응의 이법에 대해서도 말을 건네고 있다.

이들의 글은 문학 이외의 분야에서 일하고 있는 사람들로 자신의 매체인 조각이나 사진, 텍스트와 글이 함께 놓여 있다는 점에서 특징이 있다. 이들의 글을 에세이라 부르기는 주저되나 예술에 대한 친절한 안내가 될 수 있다는 점에서 주목해 볼 만하다. 이들 두 작품은 문장이 다소 건조하나 연문(衍文) 하나 없는 힘이 있고, 각자의 경험으로부터 세상을 읽어내는 시각의 신선함이 만만치 않다. 수필은 대체로 작가 자신의 체험을 직설적으로 토로하거나 미문주의에 빠지기 쉬운 반면 이들 작품들은 지성이라는 갑옷을 입고 있다는 점에서 주목해 볼 만하다.

우리는 이들 작품에서 오늘의 문화적 상황에서 수필의 또 다른 가능성을 찾게 된다. 즉 오늘 우리가 살고 있는 사회는 다매체시대라는 점이다. 문학과 영화, 미술과 음악이 고유한 의사소통 체계를 유지하면서도 결합할 수 있다는 이른바 퓨전이다. 대중매체의 발달과 그로 인한 복합적인 문화 현상이 보편화되는 시대에는 변형을 통한 새로움이 위기를 극복할 수 있는 대안이기 때문이다. 결국 이런 다매체시대에는 수필이라는 장르가 문화적 욕구를 충분히 포괄하면서 자체의 장르 속성을 새롭게 정립할 수 있는 가능성을 찾게 된다.

김경수는 〈황해문화〉에서(2004-여름) 이런 문학 외적인 미술, 사진, 음악 등의 예술인들이 자신들이 몸담고 있는 예술 경험을 토대로 한 글과의 만남을 시도할 필요가 있다고 말하고 있다. 그는 이를 '예술적 에세이' 라는 용어를 사용하고 있다. 물론 타장르의 예술인들이 그들의 체험을 문학 양식으로 표현하는 것은 바람직하나, 이들의 글을 통칭하여 '예술적 에세이' 라 부를 수는 없을 것이다. 다만 그림이나 사진, 조각 등의 장르를 문학과 결합시켜 복합적인 퓨전 형태로의 문학의 길을 시도해 볼 수는 있을 것이다. 변화는 곧 새로움의 창조이기 때문이요, 시대가 요청하는 것이기도 하기 때문일 것이다.

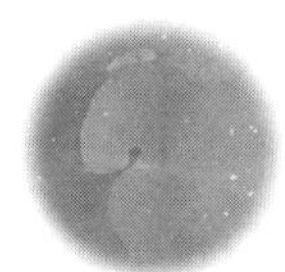

3막 8장

수필의 도시, 하우스텐보스

오무라만에 접한 사세보(佐世保). 하우스텐보스의 아침이다. 네덜란드 말로는 '숲 속의 집'이란 뜻이다. 천혜의 환경에 둘러싸인 최첨단 테크놀러지로 자연보호를 실현하고 있는 곳이다.

네덜란드에 있는 건물을 재현한 돔투론 전망대에서 바라보는 하우스텐보스의 전경은 그림과 같다. 건물들의 배치며, 높낮이가 기하학적이다. 눈이 부셔 수다한 언설로도 표현하기가 어렵다. 광대한 부지에 6킬로미터에 이르는 운하가 흐르고, 사이사이에 네덜란드의 고성(古城)과 궁전, 그리고 푸른 전원이 펼쳐져 있다. 바닷물을 인위적으로 끌어들여 운하를 만들었다. 그 물길로 범선 간코마루(觀光丸)와 셔틀 크루즈가 오간다. 요소마다 12개의 크고 작은 박물관과 놀이시설이 들어서 있다. 멀리 아카데미 다리를 지나면 풍차와 꽃밭을 만난다. 운하를 지나는 크루즈는 싱겔다리, 푸른 다리, 한스브링커 다리를 지나 내가 묵고 있는 호텔 유럽과 돔투론(Domtoren)을 왕복하게 된다. 작은 네딜란드. 어젯밤 불꽃놀이를 하던 시계탑이며, 궁전을 재현한 펠리스 하우스텐보스의 위용이 한눈에 들어온다.

이른 아침 산책길은 고즈넉하다. 아직 잠에서 깨어나지 않은 육중한 건물들이 우뚝 나를 맞이한다. 바닷바람이 상쾌하다. 거리엔 어디고 휴지 한 조각 눈에 띄지 않는다. 휴지통조차 없다. 인공적이긴 하지만 자연 그대로를 보여주려는 흔적이 생생하다. 그 청결함이 때론 생경하기까지 하다.

배가 출항하는 항구에 불과할 협애한 장소. 어찌 이런 경이로운 발상을 할 수 있었을까? 축소지향의 일본인을 여기서 본다. 이콜러지와 이코노미의 조화다. 자연과 인간이 조화된 하나의 이상적인 미래의 모습을 일본인들은 이 곳에 건설해 놓은 것이다. 물의 도시인 하우스텐보스. 그들은 생명의 모체인 바다와 운하를 오염시키지 않고 자연의 일부로 만들어가기 위해 최첨단의 시스템을 동원했다. 빗물이 지면에 스며들어 운하로 흘러 들어가게 하기 위한 벽돌 포장수며, 곳곳에 있는 제방과 수문은 자연생태계의 힘으로 운하를 정비한다고 한다. 그리하여 살아 있는 운하, 물을 보호하는 도시로 자연과 인간이 조화하는 도시의 기능이 완벽하게 펼쳐지고 있다.

하우스텐보스는 하나의 휴식공간이다. 킨델 디이크란 풍차와 꽃밭이 있으며, 뉴 스텃드라는 스릴과 모험의 세계가 뮤지엄 스텃드라는 지적인 즐거움의 세계, 비넨 스텃드라는 쇼핑의 거리와 유털에흐트라는 세계의 레스토랑가 그리고 팰리스 하루스텐보스. 그러나 이런 것들은 그리 중요하지 않다. 해양국가답게 자연스럽게 바다를 접하게 하며, 물의 중요성을 깨우치게 한다. 바로 인간과 자연의 친화다. 시설들마저 지향하는 목표도 비슷하다. '호라이존 어드벤처(Horizon Adventure)'는 네덜란드 대홍수의 맹위를 체험하기 위해 안개와 번개, 파도, 비, 회오리바람이 일으키는 가상세계를 체험하게 한다. 객석으로 물이 덮치며 의자가 좌우상하로 흔들리는 가상적 체험이 실제화된다. '대항해 체험관'은 험난한 파도를 건너는 대항해를 영상과 음향, 움직이는 좌석의 요동을 통해 체험하게 한다. 또 '노아 극장'은 인류의 멸망 위기에서 자연과 인류를 구해내기 위해 애쓴 소년 노아의 모험담을 체험하게 한다. 무대 전면에 풍랑과 폭우를 동반하면서 객석은 일시에 요동친다. 시각과 청각. 최첨단 테크놀러지가 결합된 이들 체험관은 한결같이 주제를 물과 연관시키고 있다.

　동남아시아를 휩쓸고 간 지진해일이 무려 22만 명을 죽음으로 몰아간 것이 엊그제인데 지진과 화산의 나라인 일본 여행길은 그리 평안치 않다. 쓰나미라고 하던가. 그 엄청난 해일 피해가 남의 일이 아니다. 일본은 바로 그런 재난에 대하여 세심하게 대비하고 있다. 그들에게 바다는 그저 위험천만한 자연이 아니다. 자연과 인간의 조화를 꾀하고자 하는 그들의 노력을 도처에서 확인할 수 있다. 해안마다 울창한 숲을 이룬 해송은 해일 피해를 최소화할 수 있는 방책이라고 한다. 이제 물은 그들에게 있어 그저 무서운 존재로서의 자연이 아니다. 물은 생명의 젖줄로서 이를 보호하는 것이 삶이라고 그들은 말한다. 하우스텐보스는 그런 그들의 학습장이다. 자연을 이용하여 인간과의 조화를 인위적으로 도모하고자 하는 축소지향의 노력이 경이롭기만 하다. 이는 전통적 관습을 벗어나려는 발상의 대전환이 아닐 수 없다. 하우스텐보스는 한 편의 수필이다.

　바다의 위험성을 일찍이 깨우친 일본인들은 공포로서의 자연이 아닌 친화로서의 자연을 생각해 냈을 일이다. 지금도 불을 뿜어내는 화산과 지진, 해일은 그들로 하여금 생존의 돌파구를 찾게 했을 일이다. 그것은 바로 관습적이고 통념적인 정체된 사고로부터의 일탈이 아닐까. 하우스텐보스는 일상적 삶으로부터의 벗어남을 보여준다. 이를 두고 남의 것을 흉내 내어 축소함으로써 얻고자 하는 작은 것에의 만족이라고만 치부하랴. 손바닥만한 땅이라도 아기자기하게 정원을 꾸며 자연을 들이고자 하는 그들의 미적 안목을 닮고 싶다. 일상적 삶에서 찾고자 하는 낯섦은 새로운 문화 창조의 방편에 틀림이 없다.

수필 쓰기도 이에 지나지 않는다. 주어진 환경에 급급하지 않는다. 일상을 개조하고 미적 안목을 수용하여 내 것으로 만들고자 하는 노력, 통상적 관념으로부터의 해체, 낯익은 것을 생소하게 보며 새것을 창조하려는 의지, 이런 것들이 언어의 미적 형상화에 도움이 될 일이다. 이제 미로에서 벗어나야 할 일이다. 고정관념으로부터의 일탈만이 창조의 기쁨을 만족하게 할 일이지 싶다. 수필의 도시 하우스텐보스를 닮고 싶다.

에덴의 반란

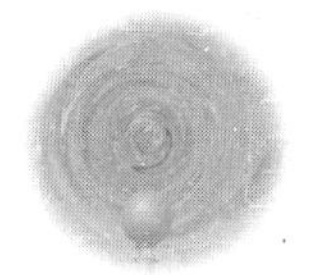

　2031년 어느 날, 아리의 돌잔치 날이다. 거실 한쪽 벽을 가득 채운 일백 인치짜리 벽걸이 텔레비전 화면에서는 '아빠들'의 친구들이 인터넷을 통해 보내온 생일 축하 메시지가 막 전송되고 있다. 그렇다. '아빠들'이다.

　아리는 부모가 아닌, 부부 사이에서 태어났다. 아빠들은 동성애자다. 아이를 갖고 싶던 차에 인기 절정에 있는 한 영화배우가 자신의 난자를 팔겠다고 내어놓자 거금을 들여 사들였다. 그 난자와 한 아빠의 정자를 시험관에서 수정시켜 아리를 낳게 된 것이다. 아리는 엄마를 닮아 무척이나 예쁘다.

　공상이 아니다. 적어도 그런 조짐이 우리 눈앞에서 벌어지고 있다. 실제 상황에 맞먹는 기상천외할 가공의 세계가 에덴의 반란을 일으키고 있다. 산업혁명에 비길 만한 성과라고 극찬하는 황우석 교수의 인간배아 복제의 성공이 지금 뉴스의 초점이 되고 있다. 복제양 둘리 이후, 인간복제의 가능성이 윤리적 문제를 일으킨 것도 이미 지난 이야기다. 생명과학의 신의 영역에의 도전은 이제 윤리, 도덕의 문제 위에 엄청난 파고로 몰려오고 있다.

　며칠 전 어느 대학에선가. 강의 중에 어느 교수가 여학생에게 "너는 얼굴이 예쁘니 난자가 무척이나 비싸겠구나?"라고 했다던가. 그는 성희롱으로 구설수에 올라 파직되었다고 한다. 그는 무척 앞서가는 사람이었나 보다. 공상의 세계를 현실로 바꾸려 한 그의 요설이 전통적 도덕주의와 맞부딪힌 것인가. 그의 언설이 시기상조인 듯싶지만, 21세기는 이를 실제 현실로 수용하고 있다.

　"난자를 경매에 부칩니다."

　론 해리스라는 사람이 늘씬한 미녀 모델 8명의 난자를 팔겠다고 홈페이지를 개설해 놓아 논란이 되었다. 이 사이트는 1999년 10월 말문을 연 직후, 미국 유명 일간지 1면을 장식하면서 뜨거운 화제를 불러일으켰다.

　불임여성들을 위해 난자은행이 개설된 것은 오래 전의 일이다. 그러나 난자를 공개적으로 경매에 부친다는 얘기는 초유의 일이었다. 거센 비난 속에서도 이 사이트는 하루 평균 1백만 건이 넘는 접속 건수를 기록하였다 한다. 전자상거래와 생명공학이 결합되어 네티즌의 흥미를 끌기에 충분했으리라. 해리슨의 행동은 과연 한때의 흥밋거리에 불과했을까? 그러나 그렇지 않다는 데에 더 큰 메시지가 담겨 있다.

　가족이란 "혈연과 혼인 관계 등으로 한 집안을 이룬 사람들의 집단"으로 가권(家券), 가속(家屬), 권속(眷屬)을 말한다. 즉 부부(夫婦)를 기초로 하나의 가정을 이루는 사람들을 일러 가족이라 지칭한다. 그러나 21세기에 가족의 의미는 전혀 다른 방향으로의 변화를 불러오고 있다. "남녀의 성적 결합에 의해 탄생된 사회의 기초단

위”라는 가족의 개념에 근본적인 변화다. 론 해리스의 돌출 행동은 그 변화의 단초가 아닐까 싶다.

시험관 아기의 탄생은 꽤나 긴 역사를 지니고 있지만, 불가항력적인 경우 최선의 방책이었다. 그러나 지금 우리는 생명공학의 과학적 사고의 도입으로 인해 창조에 도전하고 있다. 이런 도전은 과학이라는 미명 아래 신의 성역마저 침탈하고 있다. 아리의 돌잔치만이 아니다.

미래에는 동성부모의 맞춤 가족이나 가족 주문 생산이 가능해지리라는 데에 있다. 남녀 부모로 이루어진 정상적인 가정에서마저 주문형 가족 구성이 이루어 질 것으로 예상된다. 부모가 유전성 질환을 갖고 있을 경우, 우생학적 인간의 개량이 가능해지리라는 꿈은 미래 가족 제도의 엄청난 변화를 가져올 수 있다.

프랑스 국회는 최근 가족 관계에 일대 혁명이라 할 법안을 통과시킨 바 있다. 정식으로 결혼하지 아니한 동거부부에게 정상적인 부부와 같은 권리를 인정하는 시민연대 협약(PACS)이다. 여기서 ‘정식으로 결혼하지 아니한 동거부부’ 는 동성이냐 이성이냐를 따지지 않는다는 것이다. 이른바 ‘계약 결혼’ 과 ‘동성애자의 결합’ 을 합법화한 것이다. 그래서 이 법안은 동거인이 법원에 ‘계약서’ 만 제출하면 결혼한 것과 똑같은 권리를 보장받도록 하고 있다. ‘애정에 의한 결합’ 을 보호하되 구속을 없앤 것이다. 장 폴 사르트르와 시몬느 드 보부아르가 시도한 결혼 관계의 실험이 합법화된 것인가. 이는 가족관계의 변화, 새로운 가치관의 급격한 변화가 아닐 수 없다.

딸만 다섯을 둔 분이 있다. 셋은 출가를 시켰고 두 딸이 출가전이다. 나이가 제법 되었다 싶다. 그런데 아무리 기다려도 결혼 소식이 없다. 어쩌다 만난 자리에서 소식을 물었더니 서른 후반의 나이임에도 출가할 생각은커녕 공부만 하겠단다고 했다. 나이든 부모로서 어찌 걱정이 아니 되랴. 그러나 요즘 '나 홀로' 세상이 되어가고 있으니, 어쩌랴 싶었다. 직장에 다니면서 자기 세계를 누리고 있는 여성의 경우 이젠 홀로 사는 일이 부끄러운 일이 아닌 세상이 되었다.

영국 BBC방송은 오는 2010년이면 1가구 1인인 독신 가구가 전체 가구 수의 55퍼센트가 될 것이라고 보도한 바 있다. 2005이면 미국 인구의 절반이 독신자가 될 것이라고도 한다. 물론 독신자들이 모두 미혼은 아닐 것이다.

인류학자 마거릿 미드의 말과 같이 "우리는 역사상 최초로 자유로운 개인을 기초로 한 제도를 향해 나아가고 있는지도 모른다."는 말을 떠올리게 한다. 아니, 피터 로리의 말과 같이 22세기 초에는 가족제도의 종말을 맞게 되고, 결혼과 섹스의 개념도 훨씬 자유로워져 윤리 규범의 담장이 점점 낮아질 것으로 예견된다.

이제 "핏줄로 이어져야만 가족이라는 개념은 버려야 한다."는 말을 실감해야 하는가. 에덴의 반란인가? 도대체 세상이 어디로 가려는지 내일은 베일에 가려 있기만 하다.

불의 나라

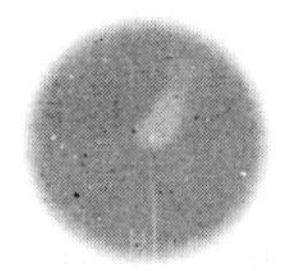

> 그렇게 화산이 많은 나라인데도 사람들은 화산에 별다른 관심을 보이지 않는다.
> 후지 산만 해도 언제 폭발할지 모르는데, 지진에만 온통 신경을 곤두세우고 있다.
> 일본은 어마어마한 화산국임에도 불구하고 화산을 정면으로 다룬 문학작품들이
> 적다. 무슨 연유에서일까. 대부분의 작가들이 늘 안전한 공간에 살고 있어서일까.
> — 마루야마 겐지 《소설가의 각오》, 문학동네

　아내는 걱정스러워했다. 두 아들을 대동한 남자들만의 여행에 대한 걱정이라기보다는 지진과 화산의 나라를 여행하는 일에 대한 두려움이 더욱 큰 모양이었다. 동남아를 휩쓴 지진해일의 기억이 채 가시지 않아서였다. 하지만 우리나라라고 지진과 무관한 나라는 결코 아니지 않은가. 더구나 지진과 화산은 또 경우가 다르다.

　현재진행형인 활화산의 모습을 보고 온천욕을 체험하겠다는 나의 발상 자체가 지나친 호사였는지도 모른다. 내 나라 방방곡곡에 아름다움이 산재해 있건만, 굳이 남의 것을 보아야 한나는 생각의 뒤에는 '체험'이란 놈이 옷자락을 잡아끌어서일 게다. 아니면, 안두(案頭)에서 찍어내는 글이 생명력을 지닐 수 없다는 어쭙지않은 구실이 나를 후쿠오카로 향하게 한 것일까.

불의 나라이면서 물의 나라이기도 한 일본. 하필 일본 여행이냐고 묻는다면 곤란하다. 민족적 갈등의 문제는 이와는 별도가 아닌가. 현해탄을 넘어 가로놓인 그들과 우리의 현실을 직시해야 한다.

큐슈 여행의 백미는 단연 불을 내뿜는 아소산(阿蘇山)의 화산이다. 큐슈의 상징이다. 전형적인 복식화산으로 세계에서 가장 큰 분화구다. 해발 1592미터의 아소 산은 외곽을 이루는 외륜산(外輪山)에 둘러싸인 부분만도 동서 18킬로미터라고 하니 그 크기를 짐작하기 어렵다. 이 일대는 3천만 년 전부터 화산 활동을 시작한 것으로 알려져 있고, 지금의 아소산은 10만 년 전의 대폭발로 만들어졌다고 한다.

하지만 그게 무슨 소용이랴. 하필 날 잡아 찾아간 날 그는 자신의 모습을 운무에 감추고 얼굴을 보일 기미조차 없었다. 가늘게 뿌리는 빗줄기가 차장에 비스듬히 꽂히는 모습을 보며 세상만사가 마음 같지 않음을 안타까워할 뿐 다른 방도가 전혀 없었다. 잔설이 희끗희끗한데 산에 오르는 좌우 길 양편은 온통 갈대밭이다. 아무리 눈을 크게 뜨고 사방을 휘둘러봐도 밖으로 내보이는 시계는 그저 희뿌연하다. '쿠사센리(草千里)', 천리나 이어진 초원이라는 뜻이요, 이름에 걸맞게 좌우로 초원이 펼쳐져 있건만 이 역시 시야에 들어오지 않는다. 에보시다께(鳥帽子岳)의 북쪽 산기슭에 위치한 화구였지만 분화를 멈춘 뒤 지금과 같은 초원 지대가 형성하였다고 한다.

관광버스가 위로 오를수록 더욱 시계는 불분명하고 좌우로 잔설을 허옇게 뒤집어써 천지가 백색이다. 아소 산의 나까다께에 올라가면 하얗게 뿜어져 나오는 분연(噴煙)을 두 눈으로 확인할 수 있다던데, 정상은 어떠할지 궁금하다. 구마모또 성을 돌아보고 달려온

길인데, 아소 산은 그 모습을 보여주지 않으려는가 싶다.

이윽고 버스가 아소 산 화산박물관에 도착하였으나 아무리 돌아보아도 사방에 짙게 깔린 운무가 갤 조짐이 없다. 게다가 간간이 가랑비가 뿌린다. 안내양은 일기 관계로 나까다께(中岳)까지 갈 수가 없다고 한다. 평소 갠 날에도 유황 냄새로 인해 접근이 용이하지 않다던데, 오늘은 또 무슨 자연의 심술인가. 이번 일본여행길의 백미인 분화구를 보지 못함이 못내 서운했다. 궁여지책으로 화산박물관에서 와이드 스크린으로 화구의 모습을 본다. 지금이라도 금방 폭발할 것 같은 나까다께가 최근에 폭발한 기록은 1958년과 1979년이라고 한다. 험준한 산악과 초지. 분연을 내뿜는 나까다께의 뒷모습을 보며 도란도란 아스팔트길을 따라 걸으면 제격이었을 일이건만, 때 아닌 기후가 내 여행의 즐거움을 앗아갔는가.

아소 분지는 그야말로 폭탄 덩어리를 안고 있지만 그곳에 거주하는 인구는 무려 10만여 명에 이른다. 그들이라고 어찌 불안하지 않겠는가. 하지만 그들은 지진과 화산이라는 천혜의 자원에 적응하고 또 이를 활용하고 있다. 아소에 온 천황이 이 산을 보고 "아, 소 데스까(あ、そうですか)"라 했다던가. "아, 그래요."라는 말이겠다. 아소의 유래는 이렇게 평범하지만 불을 뿜어내는 현재진행형의 위험천만한 조건에서도 이를 관광자원으로 이용하는 그들의 극복 의지를 본다. 언젠가는 폼베이와 같은 운명을 짊어지게 될 지도 모르건만 장사꾼은 그런 상상을 하지 않는가 보다.

마루야마 겐지의 말이 다시 떠오른다. "과연 화산은 대단한 구경거리다. 관광객을 긁어모으기에는 두말 할 나위 없이 장관이다. 산기슭에는 온천 마을이 있고, 거기에는 호텔과 여관이 꽉 들어차 있고, 수상한 장사를 하는 여자와 남자들이 아우성치고, 밤이 되면 네온사인의 물결이 홍수를 이루고, 분화구 바로 코앞까지 기념품 가게가 진을 치고 있고, 유행가가 흐르고 가이드가 호객 행위를 하고… 인간이란 참으로 끈질기고 뻔뻔스럽다.”고 했다.

이런 모습이 어찌 아소에만 한하랴. 비록 척박한 환경이지만 이를 천혜의 조건으로 활용하여 삶을 유지하는 게 인간의 지혜인지도 모를 일이다. 여기저기 연기를 뿜어내는 화산지역. 유황을 키워 약재를 개발하고, 지옥온천과 같은 관광개발이나 벳부의 온천이 모두 다 그들의 생존 방식인 것을…. 〈여름의 흐름〉으로 23세에 아쿠타가와 문학상을 수상한 그는 탁월한 소설가다.

아소의 분화구를 보지 못한 아쉬운 발길이 여행의 마지막 종착지인 벳부(別府)로 향한다. 오락가락하던 가랑비는 언제 그랬느냐는 듯 맑게 개어 있다. 불의 나라의 마지막 밤이 찾아오고 있다.

자화상 그리기

변화하는 것들 속에서 하루가 간다.

산다는 건 시간마다 독특한 빛깔로 변해 가는 것이다.

어둠 속에 웅크리고 있는 건 죽음이다.

빛이라는 믿음은 시선을 나에게로 돌릴 때에 비로소 열릴 것이런가.

삶이 빛이라면 그건 축복일 것이다.

그러면 나의 고백서도 자못 풍요해지리라.

"살아 있다는 것만으로도 행복해 하십시오."

고백서를 쓰다

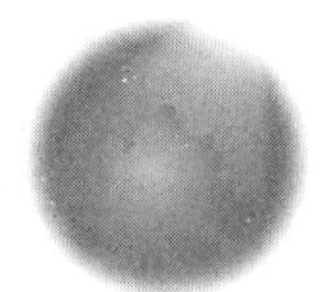

아침 일찍 코트를 걸치고 버스를 두 번씩이나 갈아탄다. 강의는 없지만 버릇처럼 남들보다 훨씬 일찍 출근한다. 적어도 한 시간은 내 시간을 소유하기 위해서다. 스위치를 올리자 형광등에 불이 일제히 켜진다. 밤사이 적요했을 사무실이 일시에 생기를 띤다. 커피 포트에 플러그를 꽂고 물이 끓기를 기다린다. 잠시 후 진한 커피 한 잔을 마신다. 뱃속까지 차르르 더운 물이 흘러내리는 소리가 들리는 듯하다. 커피는 이내 바닥이 나 있다. 웅크린 어깨를 펴고 심호흡을 한다. 다시 하루가 시작되는 시각이다. 흐릿한 안개지대가 눈앞을 가로막는다. 서둘지 않아도 좋으련만……

시인이며 명상가이기도 한 틱 나트 한(Thich Nhat Hahn)은 차를 천천히 마시라고 말한다. 이 세상이 어려운 것은 일을 당장에 빨리빨리 해치우려 하기 때문이란다. 그래서 '해치우는 것'이 중요하다 보면 일 자체를 존중하는 마음을 잃어버리게 된다고도 한다. 무엇을 이루었다는 게 중요하지 않고 삶 자체가 더욱 중요하다고 그는 다시 말한다. 우리는 그저 나이를 먹어 삶을 마감하기 위해 늙어가는 게 아니라, 살아가는 것이라는 말이겠다. 그렇다. 일상은 변화하고 우리는 그런 변화에 중심에 서 있다.

돌아보면 무던히도 열심히 달려온 어제가 눈앞에 아물거린다. 무엇이 그리도 바빠 질주해 온 걸까? 그래, 때로는 그런 반성적 질주에 나를 맡기건만 아무래도 이 병을 치유하기에는 역부족인 듯싶다. 매일같이 똑같은 햇살이 내리꽂건만 이따금씩 변화에 둔감하다. 간혹 시처럼 살고 싶다고 생각되지만 그게 그리 쉬운 일인가.

해뜰녘, 아침, 점심, 한낮, 해질녘, 저녁… 이렇게 시간마다 달라지는 햇빛처럼 일상은 변화해 간다. 산다는 것은 시간마다 독특한 색깔로 변해가는 것이리라. 그 시간 속에 내가 존재하고 있다는 사실은 참으로 행복한 일이다. "인생은 살기 어렵다는데 시가 이렇게 쉽게 쓰여진다는 것은 부끄러운 일이다."라고 했다. 그래, 남의 나라에서 살다 간 시인처럼, 인생을 담지 못하고서는 시가 될 수 없을 것이다. 그렇다. 시처럼 인생을 산다는 것은 좋은 일이겠다. 행간의 비약과 절제. 한꺼번에 건져 올리는 깨달음. 살아 있다는 건 그래서 좋은 일이 아니던가.

어느덧 흰머리터럭이 반나마 뒤덮었다. 시간은 빠르게 지나간다. 빠르다는 것은 생활에 급급하게 한다. 그런데 살아 있다는 것을 느끼기도 전에 이미 화살처럼 시간은 저 멀리 혼자가 있다. 그래, 삶은 언제나 헉헉거리게 하고, 쉬는 시간은 늘 짧기만 하다. 어느새 지천명이 가고 이순의 초입이다.

100년 전쯤인가. 마크 트웨인(Mark Twain)은 이렇게 말했다. "세상이 자신의 인생에 빚을 지고 있다고 떠들지 마라. 세상은 우리에게 아무런 의무도 없다. 이곳에 먼저 와 있던 것은 세상이지, 당신이 아니다."라고. 그는 참으로 좋은 이야기꾼이었다.

어쩌면 인생은 무엇을 이루기 위해서 사는 것이 아니라 그저 사는 것이다. 하나의 길을 선택하면 다른 길은 이미 가보지 않은 여정으로 남는다. 한 길을 가며 다른 길의 모습을 그리워한다. 그래서 선택은 다른 것을 버리는 것이다. 여행이란 어디에 도착하는 게 아니다. 그곳은 그저 기차 안이거나 목로주점이거나 산이나 바다일 뿐이다. 내가 선택한 여정에 따라 보고 듣고 느끼며 그때의 심정에 따라 나의 숨결이 된다. 그래, 모든 이를 다 사랑할 수는 없지만 몇몇은 사랑하며 살아야 한다. 그렇지 않고서는 너무도 허망한 게 인생이 아니랴.

괴테(Goethe)는 인생과 우주에 대한 지칠 줄 모르는 정열을 지닌 사람이었다. 그는 23세에 시작한 《파우스트(Faust)》를 죽기 1년 전인 1831년에야 비로소 끝을 내었다. 한 인간의 역사가 인류의 역사 못지않게 장엄함을 보여준 사람이다. 그의 생애 역시 풍요하고 정열적이었다. 74세의 나이에 19세의 처녀를 사모했던 사람. 그녀의 이름은 우를리케 레베초였다. 그의 사랑은 거절당했지만, 연모의 정은 시집 《마리엔바더의 비가》에 남아 있다. "좀더, 빛을…." 그가 남긴 마지막 이 한마디가 가슴을 울린다.

아우가 2년여 투병하다 그만 세상을 떠났다. 언젠가는 예전처럼 세상과 의기투합해 갈 것을 믿었다. 육신의 아픔보다는 간병하는 가족들을 더 안타까워했던가. 내내 자신의 아픔을 내색하지 않았다. 닥쳐올 마지막을 신에게 의지하던 아우는 호전을 보이더니 이태 만에 홀홀히 세상을 떠났다. 나는 그의 생전에 아무것도 해줄 것이 없었다. 그저 바라다만 볼 뿐이었다. 그저 편안한 마음으로 세상과 이별하길 바랄 뿐이었다. 삶과 죽음이 이리 허망한데 무엇에 연연할 것인가.

죽음이란 무엇인가? 리차드 파인만(Richard P. Feynman)이란 물리학자는 죽을 때 장난처럼 죽었다고 했다. 아니, 삶처럼 유쾌하게 죽었다고 누군가는 말했다. "두 번 죽고 싶지는 않아. 너무 지루해."라고. 그는 10년 동안 암과 투병하면서도 죽기 2주일 전까지 캘리포니아 공과대학인 칼텍(Caltech)의 교수로 있었다. 정열적이고 사교적이었던 그는 죽을 때도 장난처럼 죽었다고 한다. 그것은 우리의 희망이다.

죽음은 영원한 휴식이라고 했다. 그러니 밤은 쉬는 시간이다. 그렇다. 죽음 없이는 삶도 없다. 밤과 낮, 어둠과 빛은 하루를 구성하는 짝이다. 우리는 그 하루 속에 삶을 산다. 하루 하루가 모여 평생을 이루고 깨어 살아 있는 건 낮 동안이다. 그래, 빛이 있는 동안만이라도 그늘을 만들어선 아니 될 것이다.

변화하는 것들 속에서 하루가 간다. 산다는 건 시간마다 독특한 빛깔로 변해 가는 것이다. 어둠 속에 웅크리고 있는 건 죽음이다. 빛이라는 믿음은 시선을 나에게로 돌릴 때에 비로소 열릴 것이런가. 삶이 빛이라면 그건 축복일 것이다. 그러면 나의 고백서도 자못 풍요해지리라. "살아 있다는 것만으로도 행복해 하십시오."

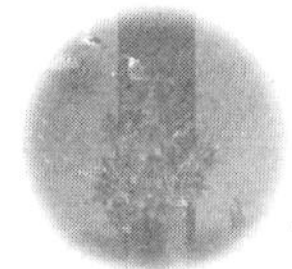

4막 2장

꽃보다 아름다운

문을 밀치고 들어서자마자 여자 행원이 벌떡 일어나 알은 체를 한다. 은행 창구가 한산하다. 방학을 맞이한 대학 구내의 은행이니 붐빌 리가 없다. 행원이래야 출장소장을 포함하여 고작 셋뿐이다.

아름다운 마음을 지닌 행원이 있어 이곳을 주로 이용한다. 언제 보아도 반듯하고 미소가 넘치는 그녀는 미모를 간직한 여인이다. 지로 용지 몇 장을 그녀에게 내민다.

"교수님! 늘 이렇게 지로 용지가 많네요. 이렇게 여러 곳에 돈을 보내는 분이 많지 않거든요."

그녀는 내가 대학에도 출강하는 것을 알고 있다. 그래, 언제나 내게 교수님이라 호칭한다. 그게 마음에 좀 께름칙하다. 그렇다고 부정할 수도 없어 그렁저렁 받아들인다.

어쩌다 보니 여러 사회단체에 돈을 조금씩 보내고 있다. 그러나 실상 부끄럽기가 그지없다. 봉급의 아주 적은 부분을 덜어 보내는 것이 낯간지럽고 얄팍한 마음을 보이는 것 같아서다. 그렇긴 해도 적은 액수나마 도와주고 싶은 마음을 버리지 않는다. 그게 내 분수에 맞을까 싶어서다.

세상에는 꽃보다 아름다운 사람들이 있다. 제 이득에만 눈이 어두운 사람들이 하도 많은 세상에 자신도 어려우면서 남을 돕는 아름다운 마음을 지닌 사람들이다.

봄이 와도 이를 마음으로 느끼지 못하고 아직도 꽁꽁 언 겨울 같은 사람들이 많기도 많은 세상이다. 그렇건만 때때로 아름다운 사람들이 언 마음을 녹여준다. MBC에선가, 〈칭찬 합시다〉라는 프로가 어두운 세상의 밝은 모습을 오랫동안 방영하고 있다. 화제의 주인공들의 이야기를 들으면서 '나는 참 행복한 사람이구나.' 생각할 때가 없지 않다. 자신의 몸을 돌보기에도 버거운 이들이 지체장애자들과 함께 살면서 그들에게 희망의 씨앗을 심고 있는 모습을 보노라면, 그들이 참으로 꽃보다 더 아름다운 사람들이구나 하는 생각을 갖게 한다.

경제 환란 이후 길거리에는 좌판을 늘어놓고 물건을 파는 사람들이 부쩍 늘어났다. 그만큼 사는 일이 어려워진 게 아닌가 싶다. 제물포역 지하도를 빠져 집으로 향하는 길거리에도 한둘 서던 난장(亂場)이 이젠 제법 길어졌다. 시장이 먼 지역이어선지 날이 갈수록 장사꾼들의 수효가 늘어간다. 푸성귀 몇 뭉치를 놓고 손님을 기다리는 중씰한 사람이 있는가 하면, 일용잡화를 진열해 놓은 사람도 있고, 과일 몇 무더기를 늘어놓고 온종일 손님을 기다리는 여인네도 있다. 포장한 트럭들이 차선 하나를 막아놓고 손님을 부른다. 그런가 하면 비릿한 생선 장수들이 하나둘 늘어나더니 이젠 제법 격식을 갖춘 생선시장을 방불한다.

파출소를 사이에 두고 이렇게 양쪽 길가에는 차들이 일렬로 주차되어 있다. 주차 금지 구역임에 틀림이 없다. 단속을 강화하는 날이면 차가 한 대도 눈에 띄지 않다가도 단속만 풀리면 언제 그랬던 듯

주차장이 된다. 주차 시설의 근본적인 해결이 없으니 매양 그 타령일 밖에 없다. 주차만이 아니다. 좁은 길에 늘어선 난장으로 인해 퇴근길에는 걸음을 빨리하기 버겁다. 보행에 지장이 있긴 하여도 사람 사는 세상의 모습이니 이를 어찌하랴. 하루 수입이 얼마나 될까 싶지만, 그들의 주름 잡힌 얼굴이 비록 고달픈 삶의 훈장처럼 보이지만 아름다워 보이기도 한다. 열심히 사는 모습을 읽을 수 있어서다. 그러나 세상 모두가 그런 건 아니다.

매일 아침 배달되는 신문에는 모두가 '도둑놈'이듯 별별 해괴한 일들이 보도된다. 부끄럽기 짝이 없는 일들이 매일 아침 식탁에 오르건만 내일은 나아지려나 해도 늘 그날이 그 타령이다. 경제 한파와 구조 조정으로 일자리를 잃은 사람들이 백만을 헤아린다고 한다. 주가는 계속 내리막이고 경제 정책은 제자리걸음이다. 자기 잇속만 챙기려는 사람들이 무소부지의 자리에 있어서인가. 이론으로야 무엇을 못하랴. 항상 사회 정의를 부르짖으면서도 실상 자신의 일에서는 마음을 비우지 못하는 사람들. 선량들의 행태를 보면 그런 가관이 없을 듯하다. 정치 윤리나 기업 윤리가 실종되었다고 개탄하는 사람들도 있다. 외신 보도에 의하면 사회적 투명성의 순위로 우리나라가 바닥에 있다고 한다. 어디 그뿐인가. 이전투구는 어디랄 곳이 없다. 문학단체도 매한가지다. 이사장 선거가 끝난 지 며칠이라고 설전이 오간다. 참으로 부끄러운 일이다.

어차피 세상이란 온갖 사람들이 부대끼며 사는 곳이니 이런 사람, 저런 사람도 있게 마련이라고 치부하랴. 모래알처럼 물결 따라 밀리어 오고 밀려가는 게 인생이라지만, 어차피 일회적인 삶일진데, 추하게는 보이지 않아야 할 일이겠다. 언제 쫓겨날지 모르는 판잣집에서 자신의 육신을 거두는 일조차 힘든 사람들이 자신보다 더 어려운 사람들과 함께 어울려 사랑의 화음을 이어가는 사람들. 평생 모은 재산을 남을 위해 쾌척(快擲)하는 사람들. 남을 위해 자신을 몸을 내던지는 사람들. 그들은 꽃보다 더 아름다운 사람들이다.

거울에 비친 내 얼굴을 들여다본다. 평생 젊음을 유지할 것 같던 얼굴에 주름이 지펴 잇다. 흰 머리카락은 이미 반 넘어 덮고 있다. 나는 남들의 눈에 어찌 비춰질 것인가? 행여 부끄러운 모습이 아니길 바라건만, 그건 자족(自足)일지도 모른다. 책상 위에 놓인 새 지로 용지를 접어 웃옷 주머니에 넣는다. 내일은 잠시 은행에 들러야 할 일이겠다. 나도 남들에게 언젠가 꽃보다 더 아름다운 모습으로 비춰질 날이 과연 있을까 싶다. 돌아보면 부끄러운 일뿐이다.

때로는 나도 자유인이고 싶다

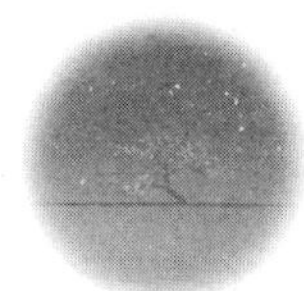

여행을 떠나는 일만큼 홀가분한 일도 없다. 일상의 모든 것을 잠시 젖혀두고 자연 가운데 나를 둘 수 있어서다. 낯선 장소, 낯선 사람들. 그리고 아무도 나를 알아보지 못한다는 사실은 자못 마음을 들뜨게 한다. 그렇다고 행여 마음속에 방종을 꿈꾸어서가 아니다. 잠시라도 여유를 갖고 나를 돌아볼 수 있어서다.

여하튼 여행은 삶이라는 얽매임으로부터 벗어난 자유인으로서만이 맛볼 수 있는 그런 짜릿한 흥분을 맛보게 한다. 게다가 눈에 익지 않은 풍물이나 처음으로 만나는 사람들과의 조우가 생활의 활력을 준다. 그래, 여행은 이따금씩 권태로부터의 탈출의 계기가 된다.

이상(李箱)이던가. "농가(農家)가 가운데 길 하나를 두고 좌우로 한 10여 호씩 있다. 휘청거리는 소나무 기둥, 흙을 주물러 바른 벽, 강낭콩대로 둘러싼 울타리, 울타리를 덮은 호박 넝쿨, 모두가 그게 그것같이 똑같다. 어제 보던 댑싸리 나무, 오늘도 보는 김 서방, 내일도 보아야 할 흰둥이, 검둥이…" 이렇게 권태(倦怠)를 말한 이는. 이는 방만한 자유가 주는 행복한 권태가 아닐까. 나도 가끔씩 이런 권태에서 벗어나고 싶을 때가 있다. 그래 자유인이 되어 아무 곳이고 훨훨 날아가 버리고 싶다.

평생을 한 도시에서 살다보니 자주 눈이 마주치는 사람들이 있다. 저는 분명 나를 알아보아 인사를 하건만, 도무지 그가 누구인지 알 수가 없다. '어디서 본 누구더라.' 순간 나는 그런 생각을 골똘히 하다가는 그가 누구인지 물어보지도 못한 채 눈인사를 하고 지나친다. 그리곤 한동안 머릿속으로 헤아려 본다. 아무리 생각해도 상대를 기억에서 찾아낼 수 없을 때 잠시 당황해 한다. 그리곤 이내 잊어버린다. 그가 나를 알아챘다고 하여 내가 반드시 기억에서 그를 끌어내야 할 필요는 없다. 그로서야 판에 박은 듯, 아니 남과 좀 특별한 이미지를 내게서 발견하였겠지만 나는 그렇지 못해서다.

상대가 여자인 경우, 학창시절 내가 맡았던 여학생들이 지금은 성장하여 알아볼 수 없게 되었을 때 그가 몇 년이 지나서도 나를 기억한다고 나 또한 그러리라 생각할 수 없어서다. 게다가 그들의 뇌리에 박힌 내 모습은 여러 가지겠지만, 그 중에서도 특별히 머리 스타일로 인해 그들은 어렵잖게 나를 기억에서 떠올리곤 한다.

하여 길거리에서 무수히 조우하는 여인네들을 보면서 나는 가끔씩 행동의 제약을 받곤 한다. 그도 그럴 것이 어디서 누가 보고 있을지 모르기 때문이다. 그런 제자 관계만이 아니다. 문학관계의 일로 많은 여인들을 만난다. 그가 고등학교 시절의 제자든, 문단의 후배나 아니면 동도(同道)든, 대학의 제자들이든 한번 마주한 그들이 오래도록 내 모습을 머릿속에 각인하고 있어서다. 그런 구속이 때로 나를 자유롭지 못하게 한다.

술 한잔 마시고 때론 규범에서 벗어난 일탈(逸脫) 행동이 벌어질 수도 있겠지만 남의 이목이 나로 하여금 이런 일탈을 감시한다고 가정한다면, 이건 분명 자유롭지 못한 상태가 아닐까. 물론 마음의 중심을 지켜 나가는 사람에게서야 이런 것이 어찌 문제가 되랴만. 그러니 "군자는 비록 궁핍할지라도 사람으로서 마땅히 지켜야 할 것을 지키지만, 소인은 궁핍해지면 자신을 억제하지 못하게 된다." 고 하지 않았던가.

그렇다. 《채근담》에 이르길 "寧守渾噩하고 而黜聰明하여 留些正氣還天地하며 寧謝紛華하고 而甘澹泊하여 遺個淸明在乾坤하라." 하였으니, 소박함을 지키고 총명함을 물리침으로써 얼마간의 정기를 남기어 천지로 돌려주고, 화려함을 사양하고 담박함을 달게 여겨 약간의 맑은 이름을 세상에 남기라는 말이겠다.

출근하기 위해 장롱을 열고 입을 만한 와이셔츠를 고른다. 그 날의 일기(日氣)와 기분에 따라 옷의 색깔과 넥타이가 달라진다. 어제와는 다른 옷으로 바꾸어 입고 집을 나서면 기분이 자못 상쾌하다. 별 것도 아닌 것이 별것 이상으로 기분을 청량하게 한다. 그러나 출근 전 잠깐의 선택이 하루 종일 기분을 불쾌하게 하는 경우도 있다.

그 날은 아침부터 바람이 세차게 불었다. 엘리뇨인지 뭔지 기상의 변덕으로 일찌거니 추워진 날씨가 아침 출근길을 어렵게 한다. 그 흔한 자가용도 없이 버스로 출근하는 나는 겨울철엔 아주 조심해야 한다. 갑자기 찬바람을 맞으면 혈압에 이상이 일어나기 때문이다. 그날따라 두툼한 잠바를 걸치고 출근했는데 부득이한 출장을 피할 길이 없었다. 난감한 일이었다. 그대로 모임에 참석하였지만 바늘방석이었다. 결국 면식 있는 이들과 인사도 나누지 못한 채 일찌거니 자리를 뜨고 말았다.

몇 푼 되지도 않는 내 꼬장꼬장한 성정이 이렇듯 쓸모없는 일에까지 신경을 곤두세우고 있으니 참으로 나는 구제불능인가 보다. 만일 그 자리가 나를 알아보는 사람들이 없는 자리였다면 그런 마음의 갈등 정도는 쉽게 벗어날 수 있었을 것이다. 《채근담》에 이른 말과 같이 '총명함을 버리고 소박함을 얻었다' 면 이렇듯 하잘 것 없는 일에 신경을 쓰지 않아도 좋을 일이 아니었던가.

살다보니 정도(正道)를 지키기도 어렵거니와 벗어나는 일 또한 쉽지만은 않다. 그럼에도 나는 이즈막 때때로 벗어나고 싶은 욕망을 제어하지 못한다. 그러나 그게 어디 쉬운 일이랴.

모임의 대표를 맡고 그 일에 혼신한 지 스무 해가 지나갔다. 생각하면 까마득한 일이다. 그 동안 내 젊음을 바쳐온 이 일이 끝내는 내 욕망의 일부까지 포기하게 하였다. 그럼에도 어제나 오늘이나 이 일에 후회가 없다. 문학하는 일이 벼슬일 수 없으며, 욕망의 분출구일 수도 없다. 그저 수필이 좋아 미쳐 살아온 스무 해다. 그렇다고 언제나 만족할 리만은 없다. 때로는 치솟는 울화를 삼켜야 하고, 내 인내를 시험하는 듯 참기 어려운 경우도 더러는 있게 마련이다.

내가 배운 것이 있다면 그건 '바보같이 사는 법' 일 게다. 아니 '손해보며 사는 인생' 그게 제격이라고 생각했다.

그런데 지난 송년 자리에서 주책없이 그 인내의 한계를 보이고 말았다. 그날따라 평상시 보이지 않던 여러 동인들의 모습이 눈에 들어왔다. 평소 마시지 못하던 술을 거푸 입 속에 털어놓았다. 머릿속이 어질어질했다. 계산된 것은 아니었지만, 그간의 불만스럽던 일들을 간헐적으로 내뱉었다. 끝내 혼자 취한 식사 자리가 2차, 3차로 이어져야 할 예정이건만 "이제 오늘 모임은 이상으로 끝입니다. 모두들 집으로 돌아가십시다." 라는 내 꼬부라진 파장 선언으로 끝나고 말았다.

생각건대, 주책이었다. 아니 망발이라 치자. 그러나 그렇게라도
하여 단정한 모습에서 벗어나지 않으면 변화되지 못하는 현실이 때
로 나를 괴롭히니 어쩔 일인가?

"선생님은 너무 차가워서 감히 가까이할 수 없는 게 병입니다."
그래 누군가는 '가깝고도 먼 당신'이라 했다. 산에 올라도 넥타이
를 매지 않으면 가지 못하는 그런 중병 때문일까.

아니다. 때로는 나도 자유인이고 싶다.

여행은 그런 나에게 자유를 준다. 일체의 구속에서 자유로운 해
방. 그러나 그 여행이 끝나는 날 나는 과연 어디로 갈 것인가. 귀경
(歸京)은 귀가로 이어진다. 끝내 잠시 해방의 자유는 다시 구속되고
나는 일상으로 돌아오고 마니, 이 어찌 막을 일인가. 하지만 자유인
이고 싶은 내 욕망은 어제나 오늘이나 매한가지다. 이번 주말에는
아내와 함께 여행이라도 떠나야 할 모양이다.

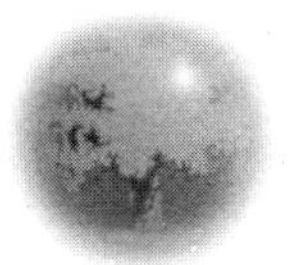

4막 4장

애옥살이

경제 환란이 있던 때보다 더 살기가 어렵다고 한다. 그때는 그나마 조기퇴직 바람이 불어 퇴직금이라는 거액이 있어 어려움을 실감하지 못했지만, 지금은 경제 전반에 걸친 불경기가 서민생활을 위협하고 있다 한다.

이를 반증이나 하듯 신용불량자의 수효가 무려 400만 명을 넘어섰다는 보도다. 전화요금은 둘째요 전기요금이며 수도요금도 내지 못해, 불을 켜기도 먹을 물을 받지도 못하는 도시가구가 엄청나다고 한다. 경제 정책의 실패인가. 호화 사치 풍조의 뒤끝인가? 골목마다 즐비한 승용차로 인해 길을 걷기 힘들 정도이고 관광지마다 꽉 들어찬 행락객들. 휴가 때만 되면 동네 나들이 가듯 해외로 나가는 여행객들의 모습을 보면서 중국 상하이의 뒷골목을 보듯, 가끔씩 끔찍하게 가난하던 옛날을 떠올리곤 한다.

20대 초반 젊은 나이로 교단에 선 이후, 어느덧 40년이 내일 모레다. 이제 정년도 멀지 않아 이따금씩 세월 속에 흘러간 어제를 그리워하곤 한다. 그러구러 한평생 가르치는 일에 몰두해온 게 내 인생이다. 남들은 그만한 세월이면 얻은 게 얼마나 많으랴 하겠지만, 아무리 되짚어 봐도 나에겐 그럴 만한 게 있어 보이지 않는다. 남들이 모두 소망하는 승진조차 스스로 포기해버리고 굳이 평범한 삶을 살아왔으니 더욱 쌓은 게 눈에 보이지 않는다.

그러나 돌아보면, 크게 어려운 일에 부딪히지 않고 그저 내 좋은 일에 신명나듯 살아온 어제였다. 경제 환란의 강도 잘 건너고 '사오정', '오륙도' 라는 조기퇴직의 바람도 타지 않았으니 얼마나 다행이랴 싶다. 더욱이 요즘같이 경제파탄을 맞은 사람들이 수도 없는 때에, 비록 박봉이지만 평생직장이 있어 먹고사는 일에 그다지 어려움을 느끼지 않았으니 이 또한 다행이다 싶다.

하지만 어째 이런 생각이 제 주제를 파악치도 못하고 공연히 방자하게 헛기침을 하는 것만 같으니 필경은 불출에 해당하리 싶다. 말이 나왔으니 망정이지 찢어지게 가난했던 그 옛날을 돌이켜보면, 이게 모두 알뜰한 아내의 덕이지 싶다. 매사에 지나치다 싶을 정도로 검소한 아내의 노고가 아니었다면 과연 지금의 내가 있었을까 싶다. 자그마한 집에서 평생 소망하던 내 집을 갖게 된 것도, 돈 문제로 남에게 손벌린 일이 없었던 것도 모두가 내조의 덕이 분명하다.

실상 5~60년 대를 살아온 사람들의 대개가 그러했듯 6·26 전쟁을 체험한 세대들에게는 배고픔의 한이 지금도 생생하다. 멀건 밀가루풀로 끼니를 대신해야 했고, 성당에서 배급으로 주는 옥수수가루나 우유가루로 풀죽을 끓여 먹는 게 예사였다. 밀가루는 그나마 호사였다. 그러니 미군부대에서 흘러나온 꿀꿀이죽은 별식이자 영양식이었다. 요즘이야 별식으로 치지만, 당시에는 밀가루가 식량의 주종이었으니 하루 세 끼니를 밀가루 하나로 연명했던 시절. 칼국수나 수제비는 그나마 다행이요, 어쩌다 쌀보리가 섞이는 날이면

밥 한 덩어리에 한 솥의 물을 넣어 끓인 멀건 죽으로 배고픔을 달래야 했던 시절의 기억이 우리에겐 있다. 보릿고개라는 말이 생겨났듯 삶의 기본인 먹을거리가 생활을 위협하던 시절이 있었으니, 지금과 비교하면 참으로 호랑이 담배 피우던 시절이다.

어찌되었든 이렇듯 가난에 쪼들려 애를 쓰면서 살아가던 살림살이를 '애옥살이'라 한다. 그래, 우리는 참으로 오랜 세월 애옥살이를 면하지 못했다. 오죽했으면 "내 소원은 실컷 먹고 배가 터져 죽는 것이다."라고 했으랴. 그런데 지금은 너남 없이 질펀하게 잘 먹어서 이젠 돼지가 부럽지 않은 살덩어리를 주체하지 못하고 다이어트를 하겠다고 살과의 전쟁을 한다. 나 역시도 그놈의 허리 사이즈가 점점 늘어나 이젠 내 몸도 꼴이 말이 아니니 참으로 가소로운 일이겠다. 그래 이제는 나잇살이나 든 사람은 모두가 "내게 소원이 있다면 그저 곱게 늙어가 험한 꼴 보지 않고, 몹쓸 병 걸리지 않고 그저 자는 잠에 죽는 것이다."라고 한다. 하긴 생자필멸(生者必滅)이라 했으니, 한 번 태어나서 죽지 않는 생명이 어디 있던가.

어찌되었건, '애옥살이'는 '죽기 아니면 살기(生死)'란 의미를 지닌 '죽살이', 다같이 더불어 살아야 한다(共生)는 '다살이', 죽이지 말자(禁殺生)는 '살린살이', 서로 다투지 말고 도우며 살자(相生)는 '모듬살이' 등 유사한 이름이 붙어 있다. 그러니 여기서 '살이'는 '삶'이란 뜻임을 알겠고, '애옥살이'는 애옥한 삶, 곧 가난한 살림살이를 뜻하는 것이 아닌가.

유년시절 비쩍 말라 살이 찌기를 소원했던 나도 지금은 과(過)하게 먹어 뱃살이 늘어날 만큼 늘어나 있으니 과유불급(過猶不及), 육살들이 너무 과해서 운동을 해야 한다는데도 먹는 일에 지치지 않으니 이런 미련한 일이 또 어디 있으랴 싶다. 도대체 어느 동물치고 게걸스럽게 먹고 소화제로 다스리는 어리석음을 반복하여 음식물 쓰레기가 넘치게 하랴. 지구의 저주와 재앙이 벌써부터 시작되고 있는 듯, 홍수와 가뭄, 토네이더의 위협으로 지구 곳곳에선 재앙이 연일 그치지 않고 있다. 이들 모두가 애옥살이의 옛일을 잊어버린 인간의 교만이 저지른 과유불급의 탓이 아닐까 싶다.

"겨울을 겪지 않은 봄 땅은 상상할 수 없지요. 나는 겨울을 기쁘게 맞이한답니다. 겨울 다음에 오는 봄은 생각만 해도 멋지고 상쾌하기 때문이에요."

(헬렌 니어링,《조화로운 삶의 지속》, 59쪽에서)

그때 그 시절, 비록 애옥살이의 아픔은 있었을망정 자연의 순리에 따르던 순하디순한 우리들 성정이 그립기만 하다. 애옥살이를 하던 그때를 잊지는 말아야 할 일이지 싶다.

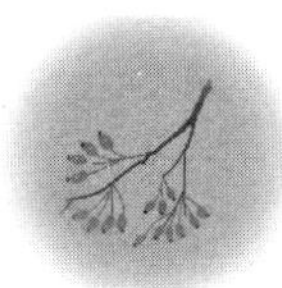

온라인 서가의 분신을 보면서

"아버지가 쓴 책들이 인터넷에서 검색하니 쫙 나옵니다." 무슨 말인가. 나는 의아해 했다. 내가 저술한 책이 많기로서니 어찌 나도 모르게 인터넷에 올라 있단 말인가.

아들아이의 여자 친구가 인터넷에서 확인하여 전화를 해 둘이 함께 보았다는 얘기였다. 이미 몇 권의 책이 사이트에 올라 있는 것을 알고는 있었지만, 지식의 저장고라 할 네이버(Never) 도서 검색을 통해 그렇게 쉽게 책을 접할 수 있다는 게 실감이 나지 않았다. 최근에 와서야 인터넷 이용에 조금씩 눈떠 가고 있는 나로선 그럴밖에 없었다.

인터넷 검색 사이트에 들어갔다. 아이의 말대로 최근에 내가 발표한 몇 권의 창작이론서들이 한눈에 들어왔다. 작가 소개에서부터 책의 차례, 판매 가격까지 일목요연했다. 책에 대한 독자의 평가까지 붙어 있었다. 그뿐이 아니었다. 최근에 발표한 수필집들의 말미에 써준 작품 평설이 붙은 책들도 작가 이름만 클릭하면 줄줄이 이어졌다. 출판사를 검색하면 더욱 편하게 도서 검색을 할 수 있었다. 출판사의 도서 판매 마케팅에 의한 것이겠지만, 그저 창작에만 열중해온 나로서는 신기한 일이 아닐 수 없었다.

  나는 그 동안 적지 않게 집필에 열정을 다해 왔다. 그래, 이미 50 여 권의 저서를 갖고 있다. 대부분이 사재를 털어 출판한 경우이고, 최근에 이르러서야 몇몇 출판사가 독자를 위해 시중 판매용으로 몇 권의 책을 발행하였다. 그러니 인터넷을 통해 검색할 수 있는 책은 몇 권이 채 되지도 않는다. 저서의 대부분이 출판 당시부터 부수를 한정하여 출판하였던 터라 개중에는 절판되었거나, 소장본도 없는 책도 있다. 대부분 수필집이거나 수필문학과 관련된 문학평론집들 이다. 그러니 이런 책들을 아무리 출판하여 내놓아도 판매될 리가 만무하다. 경제원리를 우선하는 우리의 출판문화의 사정으로 보아 그럴밖에 없다.

  아무리 피를 말려가며 집필한 작가의 저서라 하더라도, 판매를 제 일의 경영으로 하는 출판사가 판매 전략도 없이 무턱대고 작가의 책을 출판해 줄 수는 없는 일이다. 그러니 자신의 저서를 상재하기 위해서라면, 사비를 들여서라도 출판할 수밖에 없는 게 우리 문단 의 현실이다. 그래 한정 부수를 출판하고 이어서 재판을 찍지 못하 는 경우 몇 해 안 가 책이 동날밖에 없다.

  때때로 지인들이나 수필을 공부하고자 하는 이들이 내 저서 목록 을 보고는 서점에 가서 뒤져보아도 찾을 수가 없다는 얘기를 종종 했다. 그럴 때마다 민망하기 짝이 없었다. 명색이 작가라면 그의 저 서가 서점의 서가에 꽂혀 독자를 맞아야 마땅할 일이 아닌가. 그런 데 눈 씻고 찾아보아도 책을 만날 수 없다면 어찌 작가라고 할 수 있겠는가. 그렇다고 기껏 생계 유지나 하는 처지로 월급봉투에 손 을 댈 수도 없는 일이고, 베스트셀러 작가도 아닌 바에야 어찌해 볼 방법이 있을 리 만무였다. 그럼에도 매년 한두 권의 책을 출판하였으니 아내에게 참으로 면목이 없는 노릇이다.

그런 차에, 뒤늦게나마 내 이름을 단 책들이 출판사 기획에 의해 출판되어 온라인상에서 독자를 만나고 있다니 다행한 일이 아닌가. 서점이 아닌, 인터넷 검색을 통해 어디서든 작가의 책을 접할 수 있다는 것은 상상도 할 수 없는 일이었으니 시대의 변화를 실감해야 하는가. 세월의 변화를 실감하게 한다.

서점들도 이제는 오프라인 서점군을 형성하여 예전 도서관의 기능과는 판이하게 달라진 양상이다. 말할 것도 없이 서점이란 책을 사는 곳이다. 그러나 서점이 이제는 단순한 상업적 공간을 넘어 문화를 지키는 문화 아지트가 되어간다. 전통적인 오프라인 서점이 실제로 책을 보고 책을 산다는 장점이나 문화적 분위기를 누릴 수 있다는 장점에도 불구하고 인터넷의 발달에 따라 온라인 서점이 오히려 눈부시게 성장해 가고 있다. 초고속 인터넷이라는 정보통신망 인프라가 구축되면서 인터넷을 생활의 일부로 받아들이는 새로운 생활 패턴으로 바뀌어가고 있어서다. 더구나 오프라인보다는 온라인상에서의 도서 검색이 훨씬 더 편하고 구매 방법도 간편하다는 데 있다. 우선 수많은 종류의 책을 검색하여 비교해 볼 수 있고 각각의 책에 대하여 상세한 소개는 물론 책을 샀던 사람들의 책에 대한 평가까지 살펴볼 수 있어 충동구매가 아닌 실질적인 구매를 할 수 있다는 점은 대단한 매력이 아닐 수 없다. 게다가 책값이 저렴하고 안방에 앉아 쇼핑을 끝낼 수 있다는 편리함까지 갖추고 있다.

미국에서는 기존의 대형 서점인 반스 앤드 노블, 보더스 등이 아마존닷컴(Amazon.com)으로 대표되는 온라인 서점과 대격돌을 벌이고 있다고 한다. 물론 종래의 오프라인 서점은 그 나름대로의 장점을 지니고 있어 실제로 책을 둘러보면서 문화적 분위기에 젖는 향기를 만끽 할 수 있다.

서울 청계천의 복구공사로 고(古)서점들의 고풍스런 향기가 사라졌지만 전통이 주는 맛을 어찌 현대문명으로 대신하랴. 하지만 그렇다고 변화를 무시하며 살 수도 없는 노릇이니 세월의 변화에 그저 입을 다물 수가 없다.

온라인 서가에 꽂혀 있는 내 분신들이 오늘따라 빛을 내고 있다. 그러나 나는 아직은 교보문고나 영풍문고 같은 오프라인 서점이 더 가까워 보이는 것은 무엇 때문일까.

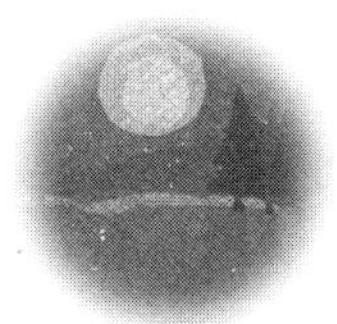

아우를 먼저 보내고

페르시아의 왕 크세르크세스는 막강한 원정군을 사열하고 난 다음 갑자기 눈물을 흘리기 시작했다. 주변에 있던 사람들이 깜짝 놀라 그에게 물었다.

"아니 전하, 이렇게 당당하고 용맹무쌍한 당신의 병사들을 보시고 눈물을 흘리시다니 웬일이십니까?"

그러자 크세르크세스가 대답했다.

"갑자기 이런 사실이 떠올랐다네. 이 늠름한 병사들 중에 100년 후에도 살아 있을 사람은 한 명도 없다는 사실이."

아우를 앞서 보내고 아홉 달이 지나서야 비로소 삶과 죽음이 한 치 차이라는 사실을 다시금 깨닫는다. 저리 당당하던 병사들도 머지않아 우리들 곁에서 떠날 것이기에.

봄비가 추적추적 내린다. 마음이 심란하다. 몇 개월 전부터 턱밑에 뭔가가 만져졌다. 통증도 없고 그런 일이 더러 있었던 터이기도 하여 별게 아니려니 여기고 날을 보냈다. 그런데 때 없이 손이 그 부위에 가 머문다. 마음에 영 께끄름하다. 몸에 생긴 이상 징후는 아니려니 싶건만 마음이 쓰이는 건 어쩔 수 없다. 몇 날 혼자 고민하다가 급기야 병원 진료 예약을 해놓고는 다시 노심초사다. 얼마 전 세상을 떠난 아우의 모습이 어제처럼 생생하다.

고향을 떠나 부산에 보금자리를 틀고 새로운 삶을 열어나가던 아우가 삶의 마지막 버팀목으로 삼아 고향인 인천으로 돌아온 지 만 2년. 발병하여 인천으로 전주로 그리고 서울로 소생하길 소망하며 전전하던 이 년이었다. 6개월의 시한을 받았지만 한 가닥의 소생의 희망을 버리지 잘도 버틴다 싶었건만, 끝내 더 이상 빛을 보지 못하고 말았다.

아우는 고향을 등지고 김해에서 거지반 20여 년 가까이 살아왔다. 대학 졸업과 동시에 김해비행장에 있는 대한항공에 직장을 얻었다. 군복무도 산업체 근무로 대체했다. 그리고 그곳에서 일찌거니 결혼을 하여 큰아이가 대학졸업반이었다. 맡은 일에 성실하여 직장에서도 인정을 받고 열심히 성당에도 나가 신덕(信德)을 쌓아왔다. 말이 고향이지, 직장이 있고 처갓집이 부산이고 보니 자연 처가에 가까울 수밖에 없었다. 처갓집 일도 잘 거들고 있다고 했었다. 피붙이도 멀리 있다 보면 가까운 이웃보다 멀어지게 마련인가. 아무튼 그렇게라도 둥지를 틀 수만 있다면 좋은 일이지 싶었다.

그런데, 일 년에 한두 번 가족들과 모이는 날이면 생경해 보이는 말투도 그렇지만 툭하면 경제 문제를 들먹여 무릎을 맞대기가 무척이나 서먹했다. 집안에 교육자는 내 혼자요, 모두가 사업을 한다거나 직장에 다니는 처지니 담론의 주제를 공유하기에는 애당초 쉽지 않았다. '교육입네, 문학입네' 하는 내 관심사도 그렇거니와 현실 문제에 등한하여 정치며 경제에 관심 밖인 나로서는 그네들 공통의 대화에 끼이기가 그리 쉽지 않았다. 그러니 때론 대화가 겉돌고 형제 사이에도 서먹했다. 더욱이 이재(理財)에 어두운 나로서는 그런 관심사가 도대체 생리에 맞지 않았던 터였다. 게다가 아우들과의 연령 차어가 많아 더욱 그러했을 일이다.

설에 아우 부부가 아이들을 데리고 올라왔다. 그런데 아우의 기색이 여느 때와 같지 않았다. 병색이 있어 보였지만 무턱대고 말을 꺼내기가 어려웠다. 그러구러 설을 쇠고 제 집 김해로 내려가는 아우를 붙잡고 나는 병원에 가 진찰을 한번 받아보라고 했다. 그리고는 며칠 지나 놀라운 소식을 들었다. 서울의 큰 병원에 가서 재진을 받았다. 위암이 진행되고 있다는 것이었다.

어렵사리 서울대학병원에 입원실을 얻어 진찰을 받았다. 초진 결과와 동일했다. 수술하기가 어려운 부위라 의사는 빨리 수술날짜를 잡자고 했다. 그런데 막상 당자(當者)인 아우는 사전지식을 많이 갖고 있었던지 결정을 내리지 못하고 차일피일했다. 의사는 6개월을 시한으로 잡았다. 수술할 부위가 상당히 어려운 부분이라고 했다. 집안의 큰 사람으로서도 단정적인 결론을 내려 고집할 수도 없는 일이었다. 생사의 문제가 아닌가. 아우들과 의논한 결과는

"살고 죽는 일은 하느님의 뜻이니, 그렇다면 우리도 더 이상 기다릴 수 없다. 명동성당에 부부가 가서 마지막으로 결정을 하고 오라."

였다.

아우는 종래에 들어온 병마에 대하여 다분히 호의적이었고 희망적이었다. 민간요법에 의해 고친 사람들이 많다고 했다. 나는 어찌되든 아우의 결정에 따르기로 하였다. 설사 그 결정이 잘못된 것이

어도 살고 죽는 문제를 앞에 두고 단정적 결정을 내려줄 수는 없어
서였다. 명동성당에 가 기도를 하고 온 아우가 부산으로 내려가기
로 했다. 의사는 펄펄 뛰었지만 환자의 결정을 막을 수는 없었다.

아우가 퇴원하여 부산으로 내려갔다. 그는 부산교구의 어느 신부
의 말을 깊이 믿고 있었다. 며칠 후에 전주에 있는 한방 의료원에서
민간요법에 의한 치료를 시작하였다. 깊은 산골에 한방 의료원을
짓고 치료를 한다고 했다. 그런데 정작 현지에 가본 나는 적잖이 실
망했다. 내가 예상했던 깊은 산골과는 거리가 있었다. 그러나 아우
의 안색이 그 동안 좋아진 것만으로도 일말에 희망을 가졌다. 엄청
난 치료비를 감당하기 힘들겠다고 생각했다. 아우는 그 사이 직장
에 병가를 내었다가 퇴직원을 제출했다. 발령 받은 새 자리에 앉아
보지도 못하고 퇴직해야 했다. 전주에서 다시 김해로 내려갔다. 그
러구러 일 년이 지나갔다.

무주에 있는 막내아우가 부평성모병원에 좋은 의사가 있다고 하
여 상담 겸하여 제 형과 함께 인천으로 올라왔다. 검사 결과는 입원
치료였다. 병원 가까이에 원룸을 얻어 기숙하면서 항암치료를 받기
시작했다. 시간이 흐를수록 상태는 악화되어 갔다. 복수가 차오르
기 시작하였고 급기야 출혈이 시작되어 복수를 빼는 일과 수혈이
병행되었다. 가족들은 이미 마지막 시간이 오고 있음을 말하지 않
아도 짐작하고 있었다. 마음의 준비를 시켜야 했다. 아우의 처남이
하는 일을 젖혀놓고 아우의 곁에서 돌보길 두어 달이 지나갔다.
아우는 그 고통스런 상황에서도 마음을 잘 잡아가고 있었다. 열심
히 하느님께 매달렸다. 살 수 있다는 신념이, 믿음으로 버티는 신앙

심이 그를 고통 속에서도 평안을 유지하게 하고 있다고 생각했다. 그러나 죽음의 그림자는 서서히 목을 죄듯 아우를 괴롭혔다. 마지막 기도를 하겠다고 떠난 강화기도원에서 채 이틀을 넘기지 못하고 다시 서울로 올라갔다. 최후의 치료법이었다. 마사지를 받고 이층 계단을 오르지 못하는 아우는 끝내 눈을 감고 그가 가장 오랜 시간 정 들여 살던 김해로 내려갔다. 정월 열사흘날.

수술을 포기한 채 이태 동안 잘 버티는가 싶더니만 끝내 아우는 세상을 떠났다. 아우를 먼저 보내고 마음을 추스르기에 많은 시간을 보냈다. 그리고도 이따금 마음안에 안개가 몰려왔다 사라지곤 했다. 동기를 잃은 슬픔이 어찌 그리 쉽게 아물랴 싶지만.

> 떠나겠나이다. 안녕히 계시오소서 형제여!
> 내 온 형제들에게 절하며 작별하나이다.
> 여기 내 문의 열쇠를 돌려드리나이다.
> 또 내 집에 대한 온갖 권리도 포기하나이다.
> 오직 그대들로부터 마지막 다정한 말씀을 간청할 뿐입니다.
> 우리는 오랫동안 받는 것이 많았나이다.
> 이제 날이 밝아 어두운 내 구석을 밝히던 초롱도 꺼졌나이다.
> 부르심이 왔나이다.
> 나는 여행의 준비를 하고 있나이다.
>
> — 〈작별의 인사〉, 타고르, 《키탄잘리》 중에서

그렇다. 타고르에게 죽음은 '날이 밝아옴' 이었다. 날이 밝아옴으로 나는 더 이상 어둠에서처럼 생명의 초롱을 밝히고 있을 필요도 없이 그 큰 밝음과 하나가 된다. 죽음은 부정적이 아니라는 의미이려니…. 떠남이 곧 없어짐은 아니리라. 아무리 삶과 죽음이 운명에 매여 있다 하여도 병마와 싸우는 아우를 아무것도 도와줄 수 없었던 내 마음에 오늘도 우수의 비가 내린다.

언젠가는 나 역시 사랑하는 사람들과 작별해야 할 몸이지만. 그래, 이제라도 여행 준비를 시작해야 할 일이지 싶다.

4막 7장

다빈치에서 일출을 기다리다

일출을 볼 수 있는 곳이 어디 정동진뿐이랴. 하지만 기왕에 온 길이다. 일출이 유명하다 하여 해뜨기를 기다린다. 6시 20분이라고 했것다. 그런데 시계 바늘이 20분을 지나도 해가 뜰 기미조차 보이지 않는다. 밤새 출렁이던 파도는 어제와 다름없이 하얀 이를 드러내며 모래톱에 부서진다. 바람도 어제와 별반 다르지 않다. 가을의 초입인데 한파주의보가 발령됐던 어제와 기온은 차이가 없어 보인다. 무엇 때문에 해가 솟을 준비를 하지 않는가.

아내는 아직 잠을 잔다. 여행의 노독 탓이리라. 좀더 자도록 조용히 창문을 열고 베란다로 나가 시야에 들어오는 바다를 본다. 밤새 불을 밝히고 있던 어선들도 물러난 동해바다에는 질식할 만치 파란 바닷물이 밀려오고 밀려간다. 낮게 엎드린 정동진. 작은 마을이 한눈에 들어온다. 우리 숫자로 육십이 눈앞에서 가물거린다. 어느새 그리 살아왔는가? 게다가 숫자 29가 겹쳐진다. 그랬다. 세상 태어난 날과 결혼한 날이 겹쳐진 기연의 날이다.

기척에 아내가 눈을 뜬다. 시각이 지나도 왜 해가 뜨지 않느냐고 했다. 그러자 베란다로 나가 썬쿠루즈(Sun Cruise) 쪽을 보더니

   다빈치에서 일출을 기다리다

"아니 해가 저기 떠 있지 않아요?" 한다. 아뿔싸, 나는 그 동안 창 밖으로 훤히 내다보이는 바다의 정면만을 응시하며 왜 해가 뜨지 않느냐고 혼자 속으로 중얼거리고 있었단 말인가. 정면에서 각도를 조금만 트니 썬쿠루즈 옆으로 해가 한 뼘이나 드러나 있다. 어찌나 눈이 부신지 차마 볼 수가 없다. 해가 뜨는 방향도 미처 헤아리지 못한 내 우둔함이 일출의 장관을 놓치고 만 것이다. 세상사 줄기차게 기다리면서도 손안의 것을 놓쳐버린 일이 어디 한두 번이랴. 어제 저녁 숙소를 그곳으로 정했더라면, 아니 일출 장소를 미리 알아두었더라면 이리 허망하지는 않았으리라. 그러나 해가 뜨려는 몸부림을 보지는 못했더라도, 이쯤 하여 그나마 다행이다 싶다.

다빈치는 선 크루즈 옆에 우뚝 서 동해바다를 한눈에 바라보고 있다. 정동진의 명물이다. 7번 국도상에 전망이 가장 훌륭한 언덕 위 3만9천 평의 조각공원을 품에 안고 바다와 접한 언덕 위에 세워진 배 모양의 거대한 리조트가 정상의 일출봉 전망대에 서 있다.

그랬다. 산 아래 푸른 바다를 바라보며 번쩍이는 비늘과 모래톱에 부서지는 하얀 포말에 탄성을 지르지 않았던가. 그런데, 공원 전체를 침목과 철로로 꾸며 객차 7량을 끌어올려 '기차 카페'를 만들었다는 그 전망 좋은 자리는 태풍으로 토사에 밀려 언덕 아래로 밀려날 지경이다. 흙더미를 뒤집어 쓴 기차카페가 볼썽사납다. 그 위에 우람한 배가 정박해 있고, 정동진을 내려다보며 조각공원과 에디슨 박물관을 흡수한 범선이 자리 잡고 있다.

풍랑이 조금은 거세다. 밀려오고 밀려가는 파고가 족히 2미터는 됨직했다. 이른 아침이건만 엊저녁의 물굽이는 변함이 없다. 오후부터는 날씨가 풀린다는 기상대의 예보를 들으며 바다를 응시한다. 안면도 롯데케슬에서 바라보던 서해바다와는 또 다른 장관이다.

엄청난 높이의 물굽이를 보며 나는 문득 서해상 작은 섬에서 보낸 이태를 떠올린다. 처음 섬학교를 찾아간 내게 가장 두려운 일은 폭풍이요, 파고였다. 선감에서 마산포로, 대부도 동리에서 선재로 넘어가고 넘어오던 그 뱃길에서 몇 번인가 나는 까무러쳤던가. 그 기억이 아직도 선명하게 남아 있지 아니한가. 살며 숱하게 겪었던 삶의 굽이. 그래 그 파고를 넘어 이제 새롭게 맞이한 아침. 아침을 잉태한 세상은 개벽하고 또 다른 태양이 떠올라 바야흐로 불타오른다.

아침에 돋는 햇살 찬란하여 / 붉은 빛이 일렁이고 / 보름달 하늘의 수경이 되니 / 별들이 빛을 감추고 마네….

이만하면, 허목의 〈동해송(東海頌)〉이 아니어도 바다를 바라보는 일만으로도 족하리라.

시선을 조금 서쪽 방향으로 돌린다. 작은 역사가 보인다. 정동진 역이다. 광화문의 정동 쪽에 있다고 하여 이름 붙여졌다는 대관령 너머의 빈한한 어촌이 감히 광화문과 눈을 맞춘 것은 조선 중엽이라 한다. 안질을 앓던 왕이 점술가에게 물었더니 궁궐의 정동 쪽에 있는 큰 절에서 쌀 씻은 물을 바다로 흘려보낸 탓에 용왕이 노했다고 했다나. 그때 조정에서 폐찰 시킨 절이 이곳 등명사라고 한다. 지금은 낙가사로 중창된 절이다. 이보다 텔레비전 드라마 〈모래시계〉로 하루아침에 유명해진 작은 역사다. 어촌에 숨어든 혜린이 열차를 타기 직전에 경찰에 붙잡혀 시청자들을 안타깝게 했던 드라마 촬영 현장. 아니 또 있다. 송영수 감독의 〈우리는 지금 제네바로 간다〉였던가. 월남전 참전 이후 정신분열증에 시달리던 강필운과 몸을 팔며 밑바닥 인생을 전전하던 정순나가 방황 끝에 이곳에서 사랑을 확인한다. 지금 그 필운과 순나의 흔적은 살아졌지만, 드라마의 인기는 한적한 시골 마을을 이렇듯 영일(寧日) 없는 관광지로 바꾸어 놓았다.

설악산을 향하던 발길을 이곳에 묶어 놓은 것은 무엇 때문이었을까? 동해안 어디고 아름다운 곳이 따로 있지 않아서일 뿐이다. 어차피 갈 곳이라면 어제면 어떠하고 오늘인들 무엇이 다르랴. 여태껏 함께 살아온 삶이요, 앞으로도 함께 살아갈 삶일진대 하루쯤 아무 곳이고 머물면 어떠하랴 싶었다. 어쩌면 나답지 않은 일일지언정, 이렇게 다빈치에서 일출을 기다리는 때도 내 삶에서 한번쯤 있어도 무방하다는 생각이었을까.

세월이 가고 있다

그래 삼십 년도 넘어 그네들을 만났다. 제대하고 복직한 수복지구 초등학교 6학년 담임교사. 나는 그네들과 선생과 제자로 만났다. 스포츠형으로 머리를 막 기르기 시작하던 그땐 이발소도 자주 드나들었다. 자고나면 부스스 일어서는 머리를 잠재우기 위해 부득이 이발소 연탄집게의 덕을 보아야 했다. 키치(kitsch)라고 하던가. 거울 윗면에 걸려 있는 물레방아 돌아가는 호반 경관을 물끄러미 바라보고 있노라면, 내 머리는 어느새 이리저리 부젓가락에 접혀져 자리를 잡곤 했다.

그때 만난 녀석들이다. 삽십 년 하고도 서너 해나 넉넉히 지난 세월의 무게가 그네들과의 공간거리를 좁히고 있었다. 한 녀석이 눈에 띄었다. "어, 너 이 녀석! 누이는 잘 있는가?" 문득 그 길고 긴 세월의 공간을 통과하여 한 여인이 떠올랐다. 그래, 그 녀석이로구나. 녀석이 제 누이의 안부를 자연스레 꺼낼 때쯤 나는 무심결에 "그래, 그때 어쩜 네 누이가 내게 시집올 뻔했었지." 녀석이 그렇지 않아도 누이가 가끔 선생님 소식을 묻곤 한다고 했다.

까마득한 시간이었다. 그 가난하던 시절. 죽음의 계곡만 같았던

최전선에서의 군 복무를 마치고 복직한 스물다섯 나이의 애송이 선생님. 그녀는 여름철이면 햇볕을 가리기 위해 밀짚모자를 눌러 쓰고 밭일을 했다. 도무지 그런 일과는 거리가 먼 여인이었다. 내가 지나가면 일손을 놓고 다소곳이 고개를 숙여 인사를 했다. 그때마다 젊은 가슴에는 잔잔한 파장이 일곤 했다. 다소 햇볕에 그을린 피부건만 참으로 아름다운 여인이라고 생각했다. 이목구비가 반듯한. 어려움이 있어도 잘 참아낼 성싶은 여인. 요즘 흔한 성형미인과는 거리가 먼 그저 순박하고 얌전한 화폭 속의 여인만 같았다. 그녀는 우리 학급 아이의 누이였다. 그녀를 볼 때마다 나는 가슴이 뛰곤 했다. 그러나 그저 그뿐. 나는 그 여인에게 한 번도 다정한 말을 해본 기억이 없다. 아니, 단 한 번 있었다. 그것도 예의를 갖추어.

졸업이 가까워서였다. 진학상담을 위해 잠시 아이의 집에 들른 일이 있었다. 그때 내가 무슨 말을 하였는지 나는 지금 정확히 기억하지 못한다. 통상적인 인사 외에 정겨운 말 한마디 나누지 못했으리라. 나도 그녀도 숫기 없기는 매한가지였다. 그녀는 그저 내 마음안의 여자였다. 하지만 한 번도 이를 입에 올린 일이 없었다. 그 학교에서 일 년 육 개월 만에 나는 현장연구대회에 최우수상을 수상하여 유공교사로 발탁되어 인천으로 임지를 옮겨왔기 때문이다. 어쩌면 특별한 일이었다. 여인에게는 전혀 예상치 않은 불의의 사고였을지도 모른다. 나는 그 후로 그 일들일랑 까마득히 잊고 살았다. 아니, 살면서 이따금 그때를 아련한 추억의 갈피에서 꺼내 반추하기도 했다. 그저 그뿐. 그리고 삼십 년이 훌쩍 흘러갔다.

그런데 녀석을 만남으로써 그 여인을 다시금 떠올리게 될 줄이야. 지금 세월은 어느 만치 와 있는가? 중년고개를 넘어선 여인을 문득 떠올리는 나는 이미 갑을 돌고 있다.

  녀석이 말했다. 누이가 내 이야기를 가끔 하더라고. 무심한 세월
이 가고 있다. 세월 속에 묻힌 사연도 때로는 가슴에 작은 물결을
일으키는가.

노년이 아름다운 사람들

아침부터 머리가 무겁다. 신학기가 되는 3월이면 언제나 그렇듯 오늘 아침도 무거운 시계추처럼 서서히 흔들린다. 책상 위 달력을 본다. 3월의 끝자락에 시선이 머문다. 두어 주 내내 나를 어눌하게 하던 어지러움의 시작은 도대체 어디서 연유한 것일까?

생각건대 그건 그랬다. 50초반 어느 여인의 부음을 듣던 날부터, 하루하루 정체불명의 세계가 나를 혼란스럽게 했다. 아마도 그건 내게도 도둑처럼 그런 날이 오지 않을까 싶은 두려움 때문이었는지도 모른다. 그래, 부질없는 두려움이 스멀스멀 온몸을 훑고 지나갔다. 아름다운 노년이고 싶은 욕심의 덫에서 머물고 싶어서였다. 아직은 정년 이 년여, 그러니 필시 나는 행복한 사람임에 틀림이 없다. 하여 노년이 아름다운 사람은 행복한 사람이지 싶다.

교육계의 수장이었던 분이 작고하였다는 소식은 충격적이었다. 얼마 전에 만난 퇴직한 교장인 친구가 그분의 최근 소식을 전할 때만 해도 그러려니 했었다. 자식문제로 퇴직금을 모두 날리고 빚더미에 올라앉은 부인은 스스로 목숨을 버렸다고 했다. 그리고 자신은 의지할 만한 곳도 없이 노인병원에 입원했다고 했다. 그런 소식을 접한 지 얼마 되지 않았건만 부음 소식은 적지아니 혼란스러웠다. 하긴 퇴직한 이들이 퇴직금을 어찌어찌하여 모두 날리고 그야말로 적수공권(赤手空拳)이 되어 찬란했던 이름은 간데없이 초라한 신세가 되었다는 이야기를 여러 차례 듣긴 했었다.

며칠 전에는 퇴직한 동료가 전화를 했다. 그는 나와 같은 사무실에서 근무한 일이 있다. 부인은 단역배우로 가끔 텔레비전에도 나온다. 사립학교가 공립으로 전환하는 바람에 퇴직금을 받아서는 아들 유학을 보냈다. 공립학교로 옮겨 몇 년 근무하다 퇴직했다. 그래서 그는 막상 퇴직하였으나, 수중에는 몇 푼 되지 않는 퇴직금뿐이었다. 그런데 그의 아내가 남에게 돈을 빌려주었다던가. 하여 그 몇 푼의 돈마저 날려버리곤 빈털터리가 되었다 한다. 아내에게 전말을 묻고 싶어도 자꾸 캐어물으면 집을 나가겠다고 반협박을 한다던가. 그래 그는 지금 초등학교의 야간 경비원으로 일하고 있다고 했다. 아들은 외국에서 박사 학위를 따 귀국하여 국내 굴지의 회사에 입사하였건만.

예부터 퇴직한 공무원의 퇴직금은 보는 사람이 임자라는 말이 떠돌았다. 그만큼 세상 물정에 어두운 사람이 공무원이라는 말이겠다. 요즘 젊은이들은 일찍부터 재테크에 능해 가진 돈을 잘 굴린다고 하지만, 먹고사는 일에 그다지 어려움을 느끼지 않는 이들은 그런 일에 눈이 어두울 밖에 없다.

"형님은 새 가슴이어서…."

툭하면 내게 하는 말이다. 남들은 모두 새 아파트로 이사하여 재산증식에 혈안이 되고, 재테크에 능하건만 뭣하느냐는 핀잔이겠다.

내심 그런 말을 들을라치면 한심스럽기도 하다. 하지만 남에게 싫은 소리 하지 않고, 먹고살면 되지, 그 이상 무엇을 더 바라겠느냐는 것이 내 소신이었다.

그는 혼자 살고 있다. 남편을 일찌거니 여의고 아들딸은 좋은 교육을 마치고 제 몫을 다하고 있다. 유학을 마친 아들은 뉴욕의 월가에서도 제법 명성을 날리다가 국내 유수의 기업체에서 M&A를 하고 있다. 고희가 가까운 나이에도 젊은이 못지않게 피부가 탱탱하다. 아침저녁으로 1시간씩 피부 마사지를 한다고 했다. 그래선지 같은 연령의 다른 이에 비하면 어린애의 피부같이 탱탱한가 싶다. 자신의 몸을 가꾸는 일에 제일로 정성을 들이는 모양이다. 마음 걱정 없고 경제적 어려움이 없으니, 그가 하는 일은 그저 자신의 치장이요, 품위유지만 하면 족하다. 특별히 큰 돈 들어갈 일도 없으니, 그저 남들에게 나이든 사람의 추한 모습만 보이지 않으면 된다. 하여 그의 경제의 쓰임새는 품위 유지 정도로도 충분하다. 굳이 가정 문제에 신경 쓸 일이 없으니 마음은 늘 평안하다. 그러니 자신의 몸 가꾸기에만 골몰한다. 마음이 언제나 어린애일 수밖에 없다. 그의 얼굴에는 언제나 미소가 흐르고 평화가 넘친다. 인생의 말년을 그리 살 수만 있다면 싶다.

같은 나이 또래의 어떤 이는 명문가의 출생이고, 형제들이 모두 내로라 하는 집안이다. 능력이 있고 자신의 처세에 각별한 분이다. 남편은 젊은 시절 몇 편의 영화를 찍기도 했다. 그러나 제작한 영화가 흥행에 성공하지 못했다. 하여 있는 돈 모두 털어버렸다고 한다. 그는 직장도 고만두고 노모를 모시고 어려운 생활을 해냈다. 이순 나이에 대치교사로 고등학교에서 근무하였다. 그러나 그 나이에 얼

마나 버거우랴. 그에겐 찬란한 형제들이 있건만 매양 도움을 청할
수도 없을 게 자명하다. 그에게 있어 제일로 힘겨운 일은 아마도 품
위 유지가 안 되는 일일 것이다. 그는 두문불출하기 시작하였다. 남
을 만나다는 일 그 자체가 그에겐 자신의 비참함을 드러내는 일이
라고 생각한 것일까? 그는 언젠가부터 사람과의 만남 자체를 기피
하기 시작하였다. 그를 만나고 싶어도 그는 만나주질 않는다. 그런
그의 심정이 어떠하랴 싶다. 그의 노년이 아름다울 수만 있다면 얼
마나 좋으랴.

돌아보면 내 한 일이 손에 잡히지 않는다. 그저 알량한 자존심 하
나로 손에 쥘 만한 일조차 마다하고, 한 가지 일에 미친 자신이 때
없이 초라해 보이기도 하다. 게다가 마음마저 너그럽지 못해 매양
애면글면하니 심고 가꾼 대로 거둔 것이던가? 정년 이 년여. 노년
이 아름다울 수만 있다면 오죽 좋으랴. 나는 때때로 그분들의 모습
을 내 얼굴 위에 얹어본다.

4막 10장

게놈 프로젝트

노화와 병마, 죽음의 질곡에서 벗어나려는 인간의 욕망은 끝이 없다. 암이나 에이즈는 더 이상 우리를 위협하지 못한다. 의학의 발달은 이제 수명의 한계에 도전장을 내민다.

— 〈21세기의 대예측〉, 뉴밀레니엄 리포트, 103쪽에서

인류의 패러다임을 바꾸는 연구들이 한창 진행중이라고 한다. 황우석 교수의 연구가 세계인의 주목을 받고 있다. 성급한 이들은 벌써 100살을 넘어 살게 될 것이라고 흥분한다. 그래, 인체의 유전자 지도를 만드는 게놈 프로젝트는 무병장수를 소망하는 인간들의 최대의 희망인지도 모른다. 그러나 이는 축복론과 재앙론의 평행선을 달려간다.

이즈막 내가 즐겨 쓰는 인사말의 주제는 언제나 "건강하세요"다. 겉으론 상대방의 건강을 염려하여 하는 말이겠지만 딱히 그래서만은 아니다. 상대보다는 오히려 나 자신에 대한 건강이 염려되어서이지 싶다. 나이 들어가면서 주변 사람들이 하루아침에 유명을 달리했다는 소식을 들을 때마다, 내 건강이 염려스럽고 언젠가 같은

모양으로 불귀의 객이 될 것이 뻔하여서다. 그래, 때때로 놀란 가슴을 쓸어내리곤 한다. 하여 내게 소망이 있다면 앓지 않고 가족들 모르게 이 세상 소풍을 끝냈으면 하는 것이다.

새벽, 아내가 깨는 바람에 잠자리에서 놀라 깨어났다. 아내의 표정이 이상했다. 맥박이 부정확하다고 했다. 목소리가 떨렸다. 내게 맥을 짚어보라고 했다. 잠이 덜 깬 내가 맥을 바로 볼 리가 없었다. 아내의 목소리가 더 떨렸다. 맥이 부정확하면 숨을 놓을 수도 있다고. 이 무슨 날벼락이란 말인가. 이런 경우 나는 신중하지 못하다. 큰 아들을 깨어 급히 응급실로 가자고 했다. 새벽 뜬금없는 아비의 말에 아이도 놀란 표정이었다. 아내는 평생 병원 근무를 한 사람이다. 그러니 자가진단을 얼마나 잘하랴 싶었다. 10여 분 이상 맥박이 부정확하다고 했다.

부랴부랴 큰아이의 차를 타고 병원으로 향했다. 그런데 아내가 차 안에서 이젠 진정되었으니 돌아가자고 했다. 나는 기왕 나선 길이니 어찌 아느냐 응급실로 가자고 했다. 큰아이도 내 말에 동의했다. 새벽길에 종합병원 응급실에 도착했으나 병원을 그만둔지도 몇 년 되어 응급실엔 아내가 모르는 사람들뿐이다. 젊은 당직 인턴이 설명을 들으면서 짜증스러운 태도를 보였다. 순간 분노가 치밀었다. 문진을 하고, 심전도와 엑스레이, 피검사가 이어졌다. 대수롭지 않은 일이라고 여기면서도 이상신호에 걱정은 태산이었다. "두 아들 결혼이라도 시키고 가야 하는데." 아내는 그랬다. 나이 찬 아이들이 걱정스러웠나 보다. 아내의 말이 가슴을 저며 왔다. 검사 결과는 쉬 나오지 않았다. 어쩌다 황급히 뛰어오곤 하던 종합병원 응급실. 나는 병원이 싫었다. 하여 아내가 근무하여도 자주 들르지 않는 편이었다. 1시간여의 기다림이 지루하기만 했다. 그러구러 새벽 3시가 넘어서야 겨우 결과가 나왔다. 내과의는 컴퓨터를 보며 특별한 이상은 없다고 했다 심리적 요인이 클 것이라고. 안도의 한숨이 나가지만 걱정은 풀리지 않는다. 돌아오는 길 우리는 아무 말도 없었다. 그저 서로의 건강을 걱정할 뿐이었다.

그랬다. 내가 병원에 나다니기 시작한 것은 진학반 담임을 맡던 시절이었다. 십 년이 넘게 고3 담임만 줄곧 엮어나갔었다. 그게 건강상 얼마나 힘든 일이었는지도 모르고. 여자고등학교에서 5년을 진학반을 맡다, 남자고등학교인 모교로 옮겨 끝내 고혈압 판정을 받았다. 그 후 지금까지 병원 신세를 지고 있다. 그래서였을까. 무사히 퇴임하는 게 최선의 소망이 되고 말았다. 문학을 제외하고 대부분을 덜어내기 시작하였다. 그리곤 살얼음 지핀 내를 건너듯 조심스레 발을 내디뎌왔다. 매양 갈등을 안고 있으면서도 겉으론 태연하게. 그러구러 이제 정년도 코앞에 있다. 제 나이 먹는 걸 누가 알랴. 어느덧 나도 이순의 언덕을 힘겹게 오르고 있으니, 참으로 세월이 무상하기만 하다. 지금도 아침에 일어나기 무섭게 간밤 무사하였음에 감사한다. 팔순 넘은 노모에게는 못할 일이겠지만, 어찌하랴. 사는 게 어디 내 마음 먹은 대로 되는 일도 아니니.

술을 누구보다 좋아하던 어느 초등학교 교장이 정년을 맞았다. 며칠 전 그를 길거리에서 만났다. 몰라볼 정도로 해쓱해진 그는 모자를 눌러쓰고 안면엔 수염이 웃자라 몰라볼 정도였다. 꾸부정한 허리하며 핼쑥한 얼굴이 보는 이를 안타깝게 했다. 그들 말마따나 잘나가던 교장이었다. 퇴임 후에 저리 살면 안 되겠지 싶었다. 그래도 건강에 이상만 없다면 얼마나 좋으랴.

아우를 먼저 보낸 지도 한 해가 지났다. 발병 이후 이태 동안 아우는 물론이거니와 가족들의 고통이 적지 않았다. 그러나 잘 참아준다고 생각했던 아우는 끝내 세상을 떠났다. 게놈 프로젝트가 완성되면 죽음에 이르는 병인 암도 '손안에 든 쥐'가 된다고 하는데….

질병을 일으키는 유전자를 정상적인 유전자로 바꾸어 유전병을 치료할 수 있다고 한다. 그래서 인류의 동경인 '불로장생'이 눈앞에 있다고도 한다. 게놈 프로젝트 이후 황우석 교수의 줄기세포 연구가 빛을 보고 있다. 바야흐로 생명공학 분야에 선두를 달리고 있다고도 흥분하고 있다. 그래, 이제는 신에 손에 맡겨졌던 암·당뇨·에이즈·치매 등이 정복되기 시작하였다고 한다. 과학자들은 인간의 수명에 한계가 없다고까지 말한다. 지난 65년 영국의 토마스파는 152세에 사망하였다고 한다. 그런데 왜 나는 문득 종묘 앞이나 종로 3가 지하철 역사를 오가는 노인들을 떠올리는가? 노화시계를 멈추게 하고, 인간의 유전자 지도를 완성하여 병마를 퇴치하는 최첨단 생명과학의 시대가 눈앞에 와 있다고 하건만, 어쩐지 공허한 메아리로만 들려오는 건 또 무슨 연유일까.

죽음의 질곡에서 벗어나려는 욕망에 앞서 그저 인간답게 살다 이 세상 소풍을 마치길 바랄 뿐이다. 그것이 지나친 나만의 욕심일까?

미로 찾기는 아직도 진행중

미로 찾기는 내게 있어 운명 그 자체였는지도 모른다. 세상은 언제나 나에게 안개에 싸인 미로였고, 그 안개를 헤치며 보이지 않는 존재의 현상을 찾기 위해 무던히 초조와 긴장과 번민에 휩싸이곤 했다. 아무리 찾아도 출구가 보이지 않는 막막함. 그렇다고 주저앉을 수는 없었다. 그저 희미한 불빛 하나 무기로 삼아 출구를 찾기에 여념이 없었던 시간이 어느새 내를 건너고 강을 건너 이윽고 바다에 이르렀다. 그래, 나에게 미로 찾기는 아직도 진행형 그대로이다.

수필은 나의 인생 전부였다. 그 수필을 찾아 미로 찾기를 시작한 지 어언 30년. 그 세월의 반은 수필창작으로, 그리고 반은 문학평론 그것도 수필평론에 쏟아왔다. 발표작품을 열거하기 힘겨울 만큼 미친 듯 매달려온 수필문학이다. 50여 권의 책을 발표하였지만 나에게 있어 수필 찾기는 아직도 미궁이요, 미로 찾기일 뿐이다.

나는 애초 등단작가도 아니었다. 당대의 많은 작가가 그렇듯 등단이란 통과의례는 허식이었다. 1987년 8월인가. 순수문예지에 내 작품이 발표된 것은 그때가 처음이었다. 대표문예지인 『현대문학』에 나의 수필 〈정겨운 선물〉이 발표되었고, 뒤이어 10월호에는 〈소나무 기상대〉가, 이어 1988년 4월에 〈생명연습〉을 발표하면서 문단에 등단하였다. 그 후 여러 문예지에 수필을 발표하면서 등단의 필요를 그제서야 깨닫게 되어 정식 등단한 것은 1989년에 일이다. 그러니 나는 변종이지 싶다. 그리고 수필에 매달려 10여 권의 수필집을 상재하곤 문학평론의 길로 나섰다. 그것이 1993년의 일이요, 문학평론가로 등단한 이래 나는 미친 듯 비평작업에 매달려 미로 찾기를 시도하였다고 하겠다.

"수필문학에서의 낯설게 하기" 아마도 지금 내가 진행하고 있는 내 담론의 틀 속에는 그런 메시지가 담겨 있을 듯싶다. 대변혁의 시대에 새로운 수필쓰기가 최근 내가 찾고자 하는 미로의 종점에 자리하고 있다. 그러나 아직은 진행형일 뿐이다.

이 수필집은 내 갑년에 맞추어 펴내려던 퍼즐 조각의 집대성일 뿐이다. 4막 10장으로 구성된 40편의 수필이란 이름의 글 조각들은 작은 그림이자 큰 그림을 그리고자 하는 구성체의 일부다. 그것들은 과거의 것이기도 하지만, 현재 내가 찾아가는 미로 찾기의 한 통로에 놓여 있다.

이 책을 읽는 동안 한 글에서나마 문제의식을 발견하도록 하고 싶었던 게 내 작은 소망이었다. 그러나 담고 보니 그 용량이 허술하기 짝이 없다. 그저 이 수필집을 통해 퍼즐 조각을 맞추는 것과 같은 즐거움을 조금이나마 느꼈으면 하는 바람을 갖는다. 아니 어쩌면 이 수필집은 숨은 그림 찾기일지도 모른다. 퍼즐의 한 조각이 다른 조각과 이어질 것을 기대하는 고민은 그저 작가의 소망일뿐이지 싶다. 숨은 그림을 찾듯 독자가 내 안에 숨은 키워드를 찾아보았으면 할 뿐이다. 나에게 있어 미로 찾기는 아직도 진행형이니까.